お嫁さん候補が甘々な母・姉・妹の
家族転生
生まれ変わりってどういうこと!?
赤川ミカミ
Mikami Akagawa
illust:黄ばんだごはん
KiNG novels

甘えん坊の元義妹
マフュ
甘やかしな転生義母
チアキ

クールな元義姉
アヤカ

「ハルくんっ♥ ん、はぁっ！」
「ハルト、ん、れろっ……」
「お兄ちゃん、あむっ♥」
女の子の柔らかな身体に包まれ、
おっぱいを当てられているだけでも
気持ちがいいのに、三人に愛され、
俺の昂ぶりは増していくばかりだ。

家族転生

～お嫁さん候補が甘々な母・姉・妹の生まれ変わりってどういうこと!?～

赤川ミカミ

illust：黄ばんだごはん

KiNG novels

お嫁さん候補が甘々な母・姉・妹の家族転生 生まれ変わりってどういうこと!?

contents

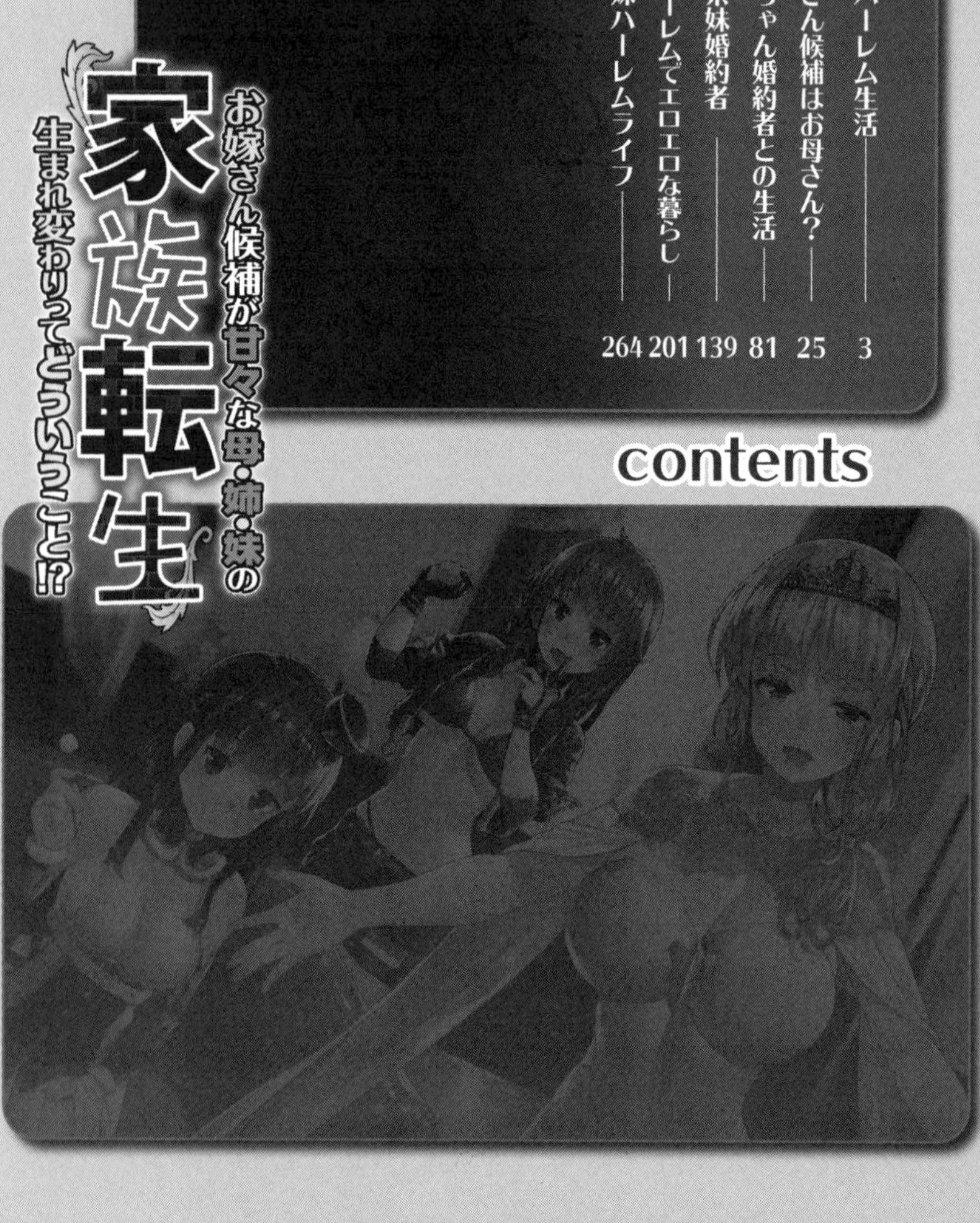

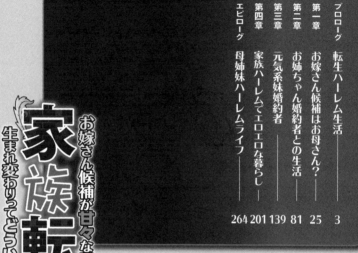

プロローグ　転生ハーレム生活

ヴェスナー侯爵家の別邸。

別邸とはいっても侯爵家の屋敷であり、並の邸宅とは比ぶべくもないものだ。

そんな屋敷の一室。

転生者である俺ことハルト・ヴェスナーは、あらためて部屋を見回し、ずいぶんと遠いところに来たなと感じるのだった。

元々は、地味な現代の少年だった俺。

しかしこの異世界に転生し、今では貴族の子としてこの屋敷で過ごしていた。

しかも、三人の美女とだ。

彼女たちはベッドの上であられもない姿になって、俺を呼んでいる。

「ハルくん、おいで♥」

そう言ってこちらへと手を広げるのは、チアキさん。

金色の髪をした、優しげな雰囲気の美女だ。

その穏やかな印象のとおり、彼女はとても面倒見がいい甘やかし系のお姉さんだった。

そんな彼女で特に目を引くのは、母性と包容力あふれる、その爆乳だ。

ボリューム感たっぷりの大きなおっぱい。

こちらへ手を広げる動作でもたゆんっと揺れるそれは、やはり目を引いてしまう。

「ハルト、ほら」

そう言って、ついぼんやりしてしまった俺の手を引くのは、アヤカ。

きれいな黒髪の女の子だ。

背が低く、幼い顔立ちをしている彼女は、一見すると危険なくらい年下の女の子——なのだが、実際は俺よりも少し上のお姉さんである。

小さな手がきゅっと俺を握るところなどとても愛らしいのだが、アヤカ自身はこの中で一番落ち着いた性格だ。

小柄な体格のせいもあって、幼く見られることもあるのだが、身体の一点だけは違った。

それはぽよんっと存在を主張する、大きなおっぱいだ。

全体が小さいからこそ余計に強調されるそのたわわは、彼女が決して小さな女の子でないこと主張しているようだった。

「お兄ちゃん、ぎゅー♪」

そしてベッドに導かれた俺に抱きついてくる、マフユ。

赤い髪の女の子で、その表情からも明るさが見えている。

元気でハイテンションな彼女は、一緒にいるとこちらまで楽しくなってしまうような美少女だ。

明るい性格の彼女はスキンシップも多く、やや無防備。

魅力的な女の子だからこそ、そのスキンシップに戸惑ってしまうこともある。

最近はえっちなことにもハマり、自らの魅力を自覚してきているようだった。

と、そんな三人の美女が、裸で俺を求めてくれる。

男としては、とても魅力的な状態だろう。

今では、俺も素直にそう思っている。

こんなきれいな彼女たちと、えっちなことをして一緒に過ごすなんて……最高の日々だ。

しかし、ここに至るまでには、ちょっと悩んだときもあった。

というのも――。

彼女たちは、俺と同じ転生者なのだ。

現代からこちらの異世界に来た女性たち。

もちろんそれだけなら、価値観が合いやすくていいじゃないかとさえ思うだろう。

現代知識やそちらでの暮らしの記憶がある分、やはり生粋の異世界人たちとは、違った価値観も出てきてしまうし。

その点、転生者同士なら、ある程度の感覚が共有できる。

異世界に来た不安なども同じだ。そんな連帯感で、気持ちの距離も縮みやすくなるかもしれない。

だがしかし、俺たちの場合はさらに問題があり――。

「ほら、ハルくん、ママの胸に飛び込んできて」

「ハルト、わたしもキミを受け止められるだけの胸はあるぞ」

「お兄ちゃん、ぎゅー♪」

そう、彼女たちは、前世でも俺の家族だった。

超がつくほどの甘やかし系義母であった、チアキさん。

あちらではクール系お姉ちゃんだった、アヤカ。

とにかく甘えん坊な妹だった、マフユ。

この三人には、そんな前世がある。

まさか転生した先でまで、家族と再会するなんて……。

前世では思春期だったこともあり、美貌の義母と姉妹に気恥ずかしくなり、ちょっと距離を取ってしまっていた。

そんな彼女たちと、もう一度家族としてやり直せる機会だということで、再会自体は喜ばしくもあった。

しかしこちらでは、今の関係はなんと婚約者なのだ。悩まないはずがない。

だから最初こそ驚きもあったものの、今ではこうして身体を重ねる関係になっていた。

彼女たちは俺のほうへと手を伸ばし、服を脱がせてくる。

「ほら、ハルくん」

チアキさんが器用に俺を裸にしていく。

すでに自分は全裸である彼女が動くたびに、その魅惑のたわわが揺れて目を引いた。

「えいっ♪」

横からはマフユが元気に言って、ズボンをズリ下げてくる。

俺の後ろに回ったため、その姿は見えないものの、楽しそうにしている様子が容易に想像できた。

「ハルトのここ、もう、けっこう期待しちゃってるね……♥」

アヤカもそう言うと、小さな手で肉竿をつかんでくる。

まだ完全な臨戦態勢ではなかったそれが、小さく柔らかな手に刺激されて膨張していく。

「うっ……」

「ふふっ、わたしの手で、ぐんぐん大きくなってる♪」

勃起していく肉棒に、アヤカは嬉しそうな声をあげた。

「お兄ちゃんのおちんちん、お姉ちゃんの手から出てきちゃってるね。ぺろっ♥」

「うぁっ……！」

マフユがペロリと亀頭を舐めてきた。

突然の刺激に思わず声が漏れると、マフユはそのままさらに舌を伸してきた。

「れろっ♥　おちんちんぺろぺろされるの、気持ちいいよね？」

「それならわたしも、ちろっ♥」

「あぁ……」

アヤカも手を離して肉棒に顔を寄せ、躊躇《ちゅうちょ》なく舐めてきた。

「れろっ、ぺろっ」

「ちろっ……ぺろろっ」

ふたりの美少女が、自分の股間に顔を寄せ、熱心に舐めてくる。

そのシチュエーションと光景のエロさに、俺は欲望をくすぐられていくのだった。

「ちろっ、ぺろっ……おちんちん、唾液でテラテラに光っちゃう……♥」

「ちゅっ♥　ん、ぺろっ……ハルト、気持ちいい？」

「ああ……」

俺はふたりを見ながら、素直に答える。

すると温かな舌が、肉竿の先端を中心に刺激してくる。

「れろっ、ちろっ……先っぽをこうやって、ぺろぉ♥」

「敏感な裏筋を、ちろちろちろっ♥」

「くっ……」

ふたりの舌に同時に刺激されてしまい、その気持ちよさに浸っていった。

「ふたりとも、えっちなお顔でなめなめしちゃってるわね♪」

チアキさんがその様子を見て、楽しそうに言う。

「ね、ほらママも……。お兄ちゃんのガチガチおちんぽ、一緒に気持ちよくしよう？」

「あらあら、そうね……♪」

マフユに誘われると、チアキさんも俺の正面へと回ってくる。

「ふたりがおちんちんペロペロしてるから、私はこっちかしら。んっ……」

そう言ったチアキさんはふたりよりも姿勢を低くし、顔を股間に埋めてくる。

「ん、れろぉっ♥」

「うっ……そこっ」

ためらいなく俺の陰嚢へと、柔らかな舌を這わせてきたのだった。

チアキさんの濡れた舌が、ぺろりと玉袋を舐めていく。

「ハルくんの精子が詰まった、二つのタマタマ……れろっ♥」

肉棒への刺激とは違う、不思議な気持ちよさだ。

「それじゃあたしは、もっとこっちを……ぱくっ♥」

「マフユまで、うっ……」

マフユは口を開けると、そのまま亀頭を咥えてきた。

温かな口内に包み込まれ、ねっとりとしゃぶられてしまう。

「じゅるっ、れろっ、ちゅぱっ……♥　お兄ちゃんのおちんぽ♥　こうやってお口の中で、れろれろれろっ」

「うぁ、それ……。いいな……」

口内で巧《たくみ》に舌を動かし、敏感な先端をねらって刺激してくる。

その独特の気持ちよさに浸っていると、アヤカも次の動きをみせた。

「それならわたしは、おちんぽの根元をこうやって、んっ……」

彼女は顔を傾けると、肉竿を唇で挟み込んだ。

「このまま、んんっ、ちゅぶっ……唇でおちんぽをしごいて、ん、しょ……」

「あう……！」

しごきあげるという、一番ストレートに射精を促すような動きに、欲望が滾《たぎ》ってくる。

「ハルくんのタマタマ、あむっ、じゅぷぅっ……♥　こうやって刺激して、もっともっと精子いっぱい作れるように、応援してあげる♥」

「んっ……！」

チアキさんは陰嚢を口に含み、そのまま舌でころころと玉を転がしてくる。

「元気な精子、いっぱいつくって、たくさん出してね♥　じゅぷっ……れろっ、ちゅぱっ、ころころっ♥」

「あぁ……くぅう、たまらないよ」

美女の口内で刺激され、実際にも睾丸がより活発になっていくようだった。

ぐるぐると渦巻くように欲望が生産されていく。

「ん、ちゅぱっ、ちゅぷっ……」

「あむっ♥　れろっ、ちゅぅっ♥」

そして当然、肉棒のほうもまだまだ、ふたりに刺激されていく。

「れろっ、ちろ、じゅるっ……おちんぽ♥　もっと唇で挟んでしごいて……じゅぽっ、じゅるっ、じゅぶぶっ♥」

「あふっ、ん、れろっ、ちゅぱっ♥　先っぽをしゃぶりながら、ん、ちゅぱっ♥　舌を動かして、れろろろっ……！」

彼女たちの責めに、射精欲がますます高まっていく。

「あむっ、じゅるっ、れろっ……♥」

「ちゅぱっ、ちろっ、ちゅぷぷっ！」

「れろれろっ、ちゅぽんっ♪」

三者三様のフェラチオ愛撫が、俺の男性器をくまなく刺激していく。

「ん、ちゅぅっ♥　れろろっ……♥　おちんぽの先っぽから、とろぉ～って、えっちなお汁がふれだしてきてる♪」

「マフユ、吸われると、うっ」

「これが気持ちいいの？　ちゅうぅぅっ♥」

先端へと吸いつき、バキュームをしてくるマフユ。

あふれ出る我慢汁が、そのまま彼女に吸い取られていく。

「お兄ちゃんの先走り、どんどん零《こぼ》れてきちゃってる♪　ほら、こうやって吸いつくたびにあふれてきて、ちゅぅっ♥」

「あぁ……」

マフユはストローのように肉棒を吸って、我慢汁を吸い上げていった。

そして下のほうでは、チアキさんも愛撫を続けている。

「タマタマもきゅっと上がってきて、射精の準備をしちゃってるみたいね♪　れろっ、ちろっ……そんなタマタマを、ころころー♪」

射精に向けて上がってきた玉を刺激され、さらに欲望が後押しされていく。

「んむっ、じゅぷっ、ちゅぱっ……」

アヤカの唇にも、激しく根元をしごかれていく。

「れろれろぉっ、ころころっ、ちゅぱっ♥」

「じゅぷっ、ちゅぱっ、じゅぷぷっ！」

「れろっ、ちゅぽっ、ちゅぷっ、ちゅぅっ♥　じゅるるるっ！」

三人で俺を追い込むように、チンポへと愛撫を行っている。これでは堪《たま》らない。

その気持ちよさに、俺もあっさりと限界を迎えた。

「じゅぴゅじゅぷっ♥　ん、お兄ちゃん、もう出そう？　いいよ♥　そのまま、あたしのお口に出してっ♥」

いち早く射精の気配を感じ取ったマフユが、激しくしゃぶり、吸いついてくる。

「ぷくっとふくらんだ先っぽ♥　じゅぷじゅぷっ！　れろれろれろっ♥　じゅぽっ、れる、じゅぷぷぷぷぷぷぷっ！」

「くぅ……マフユ……ほんとに、出る……！」

「ん、んんっ！　んぅっ♥」

俺はそのまま、マフユの口内に射精した。

「んむ、じゅる、ちゅぅっ♥」

肉棒が跳ねながら、次々と精液を送り出していく。

彼女はそれを受け止め、肉竿に吸いつくようにして飲み込んでいった。

「んむっ、じゅるっ、んくっ、ちゅぅっ♥」

ちゅぱちゅぱと吸引し、余さず飲み込もうとしていくマフユ。

俺は放出の快感に身を委ね、されるがままに精液を吐き出してった。

「ん、ごっくん♪　あふっ、お兄ちゃんの精液、すっごく濃くてどろどろ……♥　喉に絡みついてきちゃう……♥」

彼女はしっかりと子種を飲み込むと、ようやく口を離して妖艶な笑みを浮かべた。

エロ過ぎるマフユを眺めていると、満足感が増していく。

「ね、ハルくん♥」

そんな俺に、むにゅっと柔らかなおっぱいを押しつけながら、チアキさんが抱きついてきた。

「まだまだ、こんなに元気……♥」

嬉しそうに言い、さらに圧迫してくる。すると……。

「あうっ……！　あ、アヤカ、うぁ……今は敏感だから」

チアキさんのおっぱいに気を取られている隙《すき》に、唾液で濡れたままの射精直後の肉棒を、アヤカがシコシコとしごいてくるのだった。

チアキさんの刺激もあるから、まだまだ子種の詰まった陰嚢からは、再び欲望がこみ上げてくる。

「おちんぽ♥　ギンギンのまま……」

「しっかりと全部出し切るまで、いっぱいしましょうね♪」

迫ってくる彼女たちに、俺はうなずく。

こんなふうに美女に迫られて、応えないはずがなかった。

「ハルくん、んっ……♥」

甘やかし気質のチアキさんは正面から、ぎゅっと俺に抱きついてきた。

そして魅惑の腰を、俺にこすりつけてくる。

「あんっ、ん、はぁ……♥」

「チアキさんも、もうぬれぬれなんですね」

彼女の湿った陰唇が、肉竿にこすりつけられている。

すでに愛液をあふれさせているそこが、クチュクチュとおねだりをするように肉棒を刺激した。

「そうよ……♥ ハルくんとシたくて、こんなになっちゃってるの……」

エロいことを言いながら、チアキさんが腰の角度を変える。

今度は、肉竿の先端が彼女の入り口を突《つつ》くかたちだ。

「ん、ハルくんのガチガチおちんぽ♥ 私のおまんこに当たってる……ほら、こうすると、ん、はあっ……♥」

「うっ……あ、入っちゃいますよ」

チアキさんはそのまま緩やかに腰を動かし、肉竿を求めるようにおまんこを押しつけてくる。

そんなふうに誘惑されれば、当然さらに屹立し、オスの本能が秘穴を求めてしまう。

「うん。このまま、入れちゃうわね……♥ ん、ふぅっ……♥」

チアキさんは肉棒を握ると、それを自らの膣口へと導いていった。

「んっ……はぁ、あぁ……♥」

そしてそのまま、対面座位のかたちでしっかりと挿入していく。

「んぁ……♥　硬いおちんぽ♥　私の中に、ん、入ってきてる……♥」

熱くうねる膣襞が肉棒を迎え入れ、そのままきゅっと包み込んできた。

「あふっ、ん、あぁ……♥」

チアキさんの肉厚なおまんこは、しっかりと肉棒を咥えこんでくれる。

「あぅ、それじゃ、うごくわね……ん、はぁっ……♥」

そしてゆっくりと、味わうように腰を動かし始めた。

「あっ、ん、はぁ……♥」

引き抜く動きで膣襞《ちつひだ》が肉棒を擦りあげると、ふたたび腰がおりてきて、ぬぷりと飲み込んでいく。

とろとろのおまんこが、満遍なく肉竿を刺激する。

「あぁ……ん、はぁっ……きもちいい……」

射精後なので、敏感になっている。柔らかな肉襞なのに、刺激が強かった。

「ハルト、むぎゅー♪」

「あ、あたしも、むぎゅぎゅーっ♥」

感じ入る俺に、左右からアヤカとマフユが抱きついてきた。

ふたりとも、はだけた服からこぼれ落ちる大きなおっぱいを、柔らかく俺に押しつけてきている。

「ふふっ、ハルくん、んぁ……♥」

正面ではチアキさんが対面座位でつながり、その爆乳を揺らしながら腰を振っている。

左右からは美人姉妹が、おっぱいを押しつけながら、抱きついてきているのだ。

美女三人の身体を存分に味わい、包み込まれる気持ちよさ。

俺は無限の快楽に飲み込まれていた。

「ハルくんっ♥ ん、はぁっ……！」

チアキさんが俺に抱きつきながら、勢いよく腰を振っていく。

蜜壺がきゅっと肉棒を咥えこんで、ますます擦りあげてくる。

「あふっ、ん、はぁ……あぁっ♥ すごい、ん、ふぅっ……♥ おちんぽが、あっ♥ 私の中、いっぱいこすれて、んんっ……！」

夢中で腰を振りながら、チアキさんがあられもない声を出していく。

その甘やかな声が、俺の興奮をかき立てていく。

「ハルト、ほら、お顔にも、むぎゅー♥」

アヤカが俺の顔に、大きなおっぱいを押しつけてくる。

むにゅりと顔全体がおっぱいに包まれてしまい、とっても気持ちがいい。

「えへへっ、お兄ちゃん、れろっ♥」

マフユがいたずらっぽく笑いながら、俺の身体を軽く舐めてくる。

そのくすぐったいような刺激も、今は心地いい。

女の子の柔らかな身体に包まれ、むにゅむにゅとおっぱいを当てられているだけでも気持ちがいいのに、そんなふうに三人に愛され、俺の昂ぶりは増していくばかりだ。

「ん、はぁっ、あぁ……こうかな？　これも気持ちいい？」

チアキさんが、なめらかに腰を振っていく。

こなれた蜜壺が肉棒をしごきあげて、快感を膨らませていった。

「ん、はぁっ、ああっ♥」

「ハルト、ぎゅー♥」

「ん、れろっ、ちろっ♪」

彼女たちに全力で包まれながら、たくさんの愛撫を受けていく。

その安心感と気持ちよさに、完全に身を任せていった。

「あっ♥　ん、はぁ、ハルくん、ん、ふぅっ……」

チアキさんが腰を振りながら、潤んだ瞳で俺を見つめた。

「あぁ、ん、はぁっ♥　いい、いいわ♥」

そのあまりに淫らな姿に、俺も我慢ができなくなる。

昂ぶりに身を任せるままに、腰を大きく突き上げた。

「ひうんっ♥　あっ、ハルくん、それ、んはぁっ！」

最奥へと突き込むと、チアキさんは嬌声をあげて感じていった。

「そんなに、ズンッておちんぽで、突かれたらぁっ♥　あっあっ♥　私、イっちゃうからぁっ♥」

チアキさんはそう言いながら、自らも激しく腰を振っていく。

「あっあっあっ♥　ん、はぁっ！」

チアキさんが激しく腰を振ると、それに合わせて爆乳が目の前で弾んでいく。

その光景もエロく、俺の興奮を誘っていった。

「わっ、すごい……♥　ふたりとも、すっごくえっちな顔で乱れちゃってる……」

「ん、とっても気持ちよさそう」

マフユとアヤカも、抱きつきながらの俺たち様子を眺めている。

ふたりに見られながらも、俺は高まっていった。

「んはぁっ、もう、だめぇっ♥　イクッ！　あっあっ♥　イっちゃうっ！　あぅっ、ん、あぁっ♥」

チアキさんが乱れ、最後に向けて腰を振る。

膣襞が肉棒を締めながら、射精を促すように強く擦りあげてきた。

そのおねだりに応え、俺も腰を突き上げていく。

「あぁあっ♥　んはっぁ、ハルくん！　ん、はぁ、ああっ♥　イクッ！　んぁ、イクイクッ、イックウウゥウゥウッ！」

チアキさんが身体を跳ねさせながら、ついに絶頂した。

おまんこがぎゅっと締まり、肉棒に絡みついてくる。

「う、あぁっ！」

俺もその絶頂おまんこの締めつけで極まり、思いきり射精する。

「あぁぁぁぁ♥」

熱い中出しを受けたことで、チアキさんが連続絶頂で乱れていく。

「あふっ、ん、あぁ……♥」

彼女は大きな快楽に、うっとりと浸っていった。

「あぁ……ハルくんのが、いっぱい……んっ……♥」

そしてそのまま俺の肩に手を回すと、優しくキスをしてくる。

柔らかな唇の感触と、まだチンポを咥えこんで刺激してくるおまんこ。

両方の粘膜の気持ちよさに浸りながら、おれはチアキさんの中に精液を出し切っていった。

「あふぅっ……♥」

俺が射精を終えると、快楽の余韻に浸るようにしながらも、チアキさんが腰を上げて、そのままベッドへと倒れ込む。

しどけないその姿も、大人っぽい色気にあふれている。

ベッドの上で脱力し、無防備に見えてしまっているおまんこ。そこからは、混じり合った体液がとろりとあふれ出てきている。

秘穴にしっかりと中出しを決めたことを伝えてくる光景を、ぼんやりと眺めていた。

「ね、お兄ちゃん♪」

そんな俺の元に、続けてマフユが迫ってくる。

「次はあたし、だよね？」

そう言う彼女は、射精を終えて落ち着いていた肉竿へと、さっそく手を伸ばしてきた。

「ママの中にいっぱい出してたけど、タマタマ、まだがんばれるよね？　ほら、マッサージで応援してあげるから♪」

マフユは両手で陰嚢を持ち上げるようにすると、それぞれの手で片方ずつ、左右の睾丸を刺激してくる。

「お兄ちゃんのタマタマ、さわさわ……元気になあれ、むにむにー♪」

やわやわと睾丸を刺激される。おそらく、ちゃんとした精力増強のマッサージなどではないのだと思うが、美少女にそうしていじられていると元気になってきてしまう。

「あっ♥　おちんちん、むくむくってしてきたね」

「ああ、そうだな。えいっ」

「あんっ♥」

俺は期待に応えるように、彼女を押し倒した。

マフユは抵抗することなく、仰向けになった。

その真っ白な足を、大きく開かせる。

「ん、お兄ちゃん……♥」

ぱかっと、はしたなく足を開脚させると、マフユの秘めたる部分が露《あらわ》になってしまう。

女の子の花園はもう愛液をあふれさせていて、メスのフェロモンをしっかりと放っていた。

そのうるみを帯びた入り口に、マッサージで復活した肉棒をあてがう。

「あぁ、ん、お兄ちゃん……きて♥」

うっとりとこちらを見上げるマフユ。

ピンク色でぬれぬれな美少女まんこに、たまらず挿入していった。

「ん、はぁっ……さっきまでより大きくなって、あたしの中に、ん、はぁっ……♥」

俺もマフユを見つめながら、少しずつ腰を進めていく。

そして彼女の突き当たりまで、肉棒を挿入していった。

「あふっ、ん、あぁ……」

蠕動《ぜんどう》する膣襞が、喜ぶように肉棒に絡みついてくる。

もう馴染んだようだ。俺はそのまま、遠慮なく腰を動かしていった。

「あんっ、あ、ん、お兄ちゃん……♥」

「最初から、ハイペースでいくぞ」

ぐっちょりと潤い、挿入を待っていたおまんこには、そのくらいがちょうどいいだろう。

俺は腰の動きを速め、強いピストンを行っていく。

「んはぁっ♥　お兄ちゃん、そんな急に、激しすぎっ♥　あんっ！」

激しいとは言うものの、マフユのおまんこはとても喜んでいるようだ。

俺はそのまま、勢いよく腰を振っていく。

「あんっ♥　ん、はぁ、そんなに、あんっ！　いっぱいおまんこズボズボされたらぁっ♥　んはぁ、あっ、んうぅっ！」

マフユは気持ちよさそうに声をあげ、乱れていく。

「あふっ、ん、あぁっ！　あたし、気持ちよすぎて、んぁ、すぐにイっちゃうからぁっ♥　あん、あっ、んはぁっ！」

「いいんだぞ、好きに気持ちよくなって」

じらされていた分だけ敏感になった膣襞を擦りあげ、ピストンを繰り返す。

「あぁっ♥　お兄ちゃんっ！　んぁ、ああっ！」

可愛らしい声を上げ、どんどん乱れていくマフユ。

俺は容赦なく抽送を行い、熱いおまんこをかき回していった。

「んはぁっ♥　あ、んぁ、あっあっ♥」

マフユはすぐに上りつめ、セックスの快楽に溺れている。

「んはぁっ♥　あっ、ん、ふぅっ……お兄ちゃん、あ、んはぁっ♥　もう、だめ、イクッ！　あっ、ん、ふぅっ！」

感じている彼女を見下ろしながら、突き込むように腰を振っていく。

「あんっ♥　あ、ん、はぁっ！」

ひと突きごとにますます嬌声をあげ、乱れるマフユ。

ピストンで全身が揺れ、おっぱいも波打つように弾んでいく。

「いくぞ……！」

「あっ、ん、あふっ♥　すごいのぉ……♥　お兄ちゃん、あっ、ん、はぁっ、あうっ！　あたしの中に、あぁ、いっぱい、だしてぇっ♥」

「ああ、もちろんだ」

その締めつけに、俺もこみ上げてくるものを感じる。

そのまま激しく腰を打ちつけていった。

「んはぁっ♥　あっあっ♥　もう、イクッ！　おにいちゃんのおちんぽでおまんこイクゥッ！　んは、ああっ！」

マフユは快楽に身を委ね、嬌声をあげていく。

限界間近のおまんこの締めつけは、俺の吐精を激しく促していった。

「あぁ、お兄ちゃん、ん、はぁっ♥　あぁっ、もう、イクッ！　あっあっ♥　イクイクッ！　んくぅぅぅぅっ！」

マフユが大きく身体を跳ねさせながら絶頂を迎えた。

その膣道がぎゅっと締まり、精液をねだってくる。肉襞のうねりに促され、俺も限界を迎えた。

どびゅっ、びゅるるるるるっ！

宣言通りに、マフユの絶頂おまんこに中出しをしていく。

「あぁっ♥　熱いの、お兄ちゃんの赤ちゃん汁っ、いっぱい出てるぅ！」

マフユは気持ちよさそうな声をあげながら、精液を受け止めていた。

「あぁ……♥　ん、ふぅっ……」

存分に吐き出した後で、俺はそんな彼女から肉棒を引き抜いていく。

「アヤカ……」

「ハルト、んっ……♥」

そして待っていたアヤカに向き直ると、彼女にキスをする。

「ん、ちゅっ……♥」

彼女はそれを受け入れながら、俺にうるんだ目を向けた。

「もう、ハルトってば、頑張りやさんなんだから……」

そう言いながら、彼女の手が優しく肉竿をいじってくる。

連続で射精しても、まだ硬さの残っているペニスを、丁寧にしごかれる。

「みんなと過ごすようになってから、体力も上がったみたいだしな」

「本当に、逞《たくま》しいわね♥」

そうして、次は彼女と身体を重ねていく。

美女三人に囲まれ、その魅力的な身体を好きに味わえるハーレム。

こんなふうになるなんて、かつては思ってもみなかった。

「ん、ハルト……ちゅっ♥」

アヤカとキスを交わしながら、ベッドを転がる。

すっかりとなかよしになった俺たちは、熱い夜を過ごしていく。

毎夜、彼女たちと代わる代わる、時にはこうしてみんなで交わる、最高の日々。

その幸せをかみしめながら、長い夜を続けていくのだった。

第一章　お嫁さん候補はお母さん？

古くからの名門貴族らしさにあふれた、高価であっても過度の派手さはない調度が並ぶ部屋。

大きさの割にすっきりとした執務用のデスク。そこに座るヴェスナー侯爵——父親と、俺は向かい合っていた。

「ハルト」

そんな彼が、いつもより真剣な声を出した。

地味な凡人だった俺がこの異世界に、ハルト・ヴェスナーという貴族家の子として転生して十数年。こうして執務室に呼び出され、真面目な話をされることなど、そう何度もないことだった。

貴族家の子供として、比較的不自由なく暮らしてきた人生だ。

現代的なもの——パソコンやゲームやジャンクフードなど——がない以外は、恵まれた生活だったと思う。

そんな裕福な生活に応えられるよう、俺も一通りの貴族らしさを学び、表面的にはそれに沿って生きてきた。

しかし、元が地味で平凡な俺だ。

こちらの世界でも、よくあるチートのような派手な才能というものはなく、その反面、破天荒さで目立つようなこともない青年に育っている。

根が陽キャではないので、人付き合いに関しては控えめなほうだ。だが侯爵家ということもあり、
ある程度大きなパーティーなどには顔を出している。

侯爵の息子としてそれさえしておけば、細かなことは問題がないのは、ありがたかった。

と、そんなわけで。貴族としての利益を享受しているため、義務のほうもなるべくなら請け負っていくつもりだ。

そんな俺に今日告げられたのは、平和でさほど仕事がない今の時代の貴族にとって、ある意味最大の義務だった。

「ハルトも成人したし、そろそろ結婚を考えてもらいたいと思ってな」

「なるほど……」

貴族家にとって、結婚は重要だ。

家同士のつながりを強め、国を安定させることにもなる。

「婚約者の候補は三人だ。その中から、最低ひとりとは結婚してほしい。もちろん、望むなら三人全員でもかまわない」

こちらの世界は余裕があれば一夫多妻も可能なので、貴族や大商人などは複数の妻と結ばれることもあった。それもあって、侯爵の提案は妥当なものだ。

「急……でもないですしね」

婚約者たちの詳細こそ聞いていなかったが、貴族家の男子にとって、成人直後に婚姻を結ぶというのは当たり前の話だ。

相手側の女性にとっても、家同士だけで話が進むのは当然のこと。

むしろ候補が複数いて、選べる余地があるというのは、優遇されているほうだといえた。

「ひとまず、ひとりずつと暮らしてみてから、決めてくれ。そのための屋敷は用意してある。それで最初なのだが、さっそく明日からその屋敷に向かってもらおう。当然、すぐに暮らせるように準備はしてあるからな」

「……わかりました」

俺は素直にうなずいた。

相手がどんな女性かわからないのは、元現代人としてはなんだか不安な感じがするが、こちらの貴族としては普通のことだ。

「そうか。では相手についてだが――」

そこでやっと、婚約者候補がアウトゥンノ家の女性であることや、年上であることなど、基礎的な部分について聞かされた。侯爵とさらに話し、納得してその場を後にしたのだった。

「それにしても、明日からか――」

俺は部屋に戻ると、ソファーに腰掛けながら婚約について考える。

現代人だった俺からすると、貴族家の家格を基準とした婚約自体も、なじみのないものだ。

元々は、かなり平凡な人間だったしな……。

「とはいえ生活環境は、前からけっこう特殊だったな」

前世の、俺がまだ現代人だった頃。

俺自身は今と変わらない地味な人間だったが、周囲はとても華やかだった。

年齢よりずっと若く見える義理の母親と、血の繋がらない美人姉妹に囲まれて暮らしていたのだ。

母親は家族であろうとしてか、俺に何くれとなくかまって、足りないものはないか、してほしいことはないかとベタベタしてきていた。彼女自身がかなり若く見えることもあって、思春期だった俺としてはだいぶ困ったものだ。

家庭内の変化に馴染めないまま、年頃のせいで、母親と仲良くするのが格好悪く思えたりもした。

魅力的な女性として意識してしまいそうだったこともあり、あまり素直になれず遠ざけてしまっていたのは、今となっては心残りだ。

「まあ、手遅れだけどな……」

こうして異世界に転生してしまった今となっては、現世の人たちと連絡を取る手段はない。

一気に美女だらけになった家のことを、友人からはうらやましがられたりもした。しかし自分としてはなかなかに気恥ずかしかったりして……。

そんな現世での生活を懐かしく思うこともあるが、今は今だ。

「婚約者っていっても、どんな人なんだろうな……」

俺は、新しく家族になるかもしれない、婚約者候補のことを考えるのだった。

現世とはだいぶ状況も違うが……義母や姉妹と仲良くなれなかった前世を反省して、今度はもう少し家族というものに向き合って生きてみよう……。

そんなふうにも思うのだった。

●

そんなわけで、翌日。

少しの緊張と今世での決意を持って、俺は婚約者候補の女性と暮らす屋敷へと向かうことになるのだった。

すでに馬車が用意されており、俺はそのまま屋敷に向かおうとした、のだが——。

「ハルくん！」

「んぶっ！」

玄関を出て馬車へ向かったところでいきなり、駆け寄ってきた女性にむぎゅっと抱きしめられた。

女性だとわかったのは、その綺麗な声ももちろんだけれど、俺の顔を柔らかく押しつぶしてくる大きなおっぱいによるものだ。

「会いたかったよ、ハルくん」

「うぐ……え？　……あぐぅ」

柔らかな爆乳に包み込まれたまま、俺はなんとか状況を把握しようと努める。

だが、相手はお構いなしに俺を抱きしめ、そのまま頭をなでてくるのだった。

「大きくなったね♪」

むぎゅむぎゅと大きなおっぱいを押しつけられながら言われると、俺の別のところも大きくなりそうになる……じゃなくて！

俺はなんとか彼女の抱擁から脱出すると、その顔を眺める。

「あっ……」

そして思わず、息が止まってしまうのだった。

なにせそこにいたのは――。

「チアキさん……？」

髪の色は違うし、元々若く見えていた前世と比べても、さらに若く見える――いや、実際に若いのか。ともかく、そこにいたのは義母だったチアキさんだった。

全体的におっとりとして、柔らかな雰囲気。

笑みを浮かべているその姿は、包容力ある大人の女性にも見えるし、どこか純粋な少女のようにも感じる。そんな魅力も、前世のままだった。

「話を聞いただけで、お相手がハルくんだってわかったの♪　だから嬉しくなって、一足先に会いに来ちゃったわ！」

そう言った彼女が、再び俺に抱きついてくる。

「うわっ……！」

「むぎゅー！　これからはまた、ずっと一緒にいられるわね、ハルくん！」

いやそんな！　お嫁さん候補が、元の母親だなんて！

俺は驚きつつも、懐かしい彼女の胸に抱かれていたのだった。

●

確かに、前世の行いについては反省するところもあったし、今度はもう少し家族と向き合おうと決めた。

決めはしたのだが……。

まさか相手が、本当に前世の家族とは……。

異世界で再会できたというのはすごいことだろうし、喜ぶべきことだというのはわかるのだが、今はまだ驚きのほうが大きい。

屋敷に向かう馬車に乗っている間も、チアキさんはにこにことしながら俺の近況などを聞いていた。彼女自身も相手についていろいろ聞かされていて、どの情報からそう思ったのかは謎だが、俺だと確信していたという。チアキさん的には、自分だけでなく家族も来ているはずだと、ずっと信じていたようだった。

それに応えつつ、やっぱり落ち着かない部分もある――。

なにせ今の彼女は義母ではなく、婚約者候補なのだ。

元々の性格的にも、母親というよりはお姉さん感の強かったチアキさんだけれど、とはいえ急に婚約者候補だと言われても……。

そんな戸惑いもありつつ、屋敷に到着した俺は、ひとまず自分の部屋に入ったのだった。

婚約者として暮らすのが前提の関係だ。基本的には一緒に過ごす時間が多いように調整されてはいるのだが、とはいえまだ結婚前。

部屋はそれぞれ別に用意してあるし、寝室が同じということもなかった。

もちろん——相性がいい、となれば正式な婚約を待たずして手をだしても、お互いの家としてもなにも問題がないのではあるが——。

「いや、何考えてるんだ、俺」

思わず自分でツッコんでしまう。

相手はチアキさんだぞ？

いい歳した息子に、自分のことをママと呼ばせようとしてくるような母親だった。

元の世界でも血のつながりはなかったし、すごく綺麗な女性だった。それでいて俺を真剣に息子だと思ってくれて、そのぶん異性としては意識していなかったせいか、やたらとスキンシップをとってきて……。

そのおかげで、思春期だった俺としてはいろいろ刺激が強くもあり、素直になれずに避け気味になってしまったぐらいだ。だから俺の中でも、やはり母親なんだ。

さっきもいきなり抱きつかれてしまったが、相変わらず柔らかくて、大きなおっぱいが気持ちよかった。これでは、思春期男子はたまらない。

馬車の中でも無意識なのか、すりすりと俺の太腿をなでてきては、落ち着かない感じにされてしまった。たんなるスキンシップだとは思うが、それでも……。

「考えるほどに駄目だな……」

冷静になろうとするほど、彼女のことを意識してしまう。俺はやはり心のどこかで、チアキさんのことが……。

しかし、肝心のチアキさんのほうはといえば、馬車の中でも「今度はもーっとママにいっぱい甘えてね？」などと言ってくる始末だ。

「暮らすだけじゃなく、婚約者候補だってことは、ちゃんとわかってるのかな……？」

あんまりわかってはいなそうだった。

それ以上に、俺と再会できたことを喜んでくれているみたいだったし。

「まあ、俺としてもな……」

驚きはしたものの、心残りであったチアキさんと再会できたことは、嬉しいことだ。

唐突な関係には、びっくりしてはいるのだが……それでも会えて良かった。

「ある意味、チャンスではあるのかな」

前世での心残りを、直接チアキさん相手に解消できるとすれば、それは俺にとってとても良いことだと思う。

「理性だけは、しっかりしておかないとな」

俺は自らの頬を両手で軽くはたいた。

なにせ、チアキさんは無自覚なスキンシップが多い。

自身の魅力に疎いというか、母親だからと気にしていないというか……。

そんな彼女に、しかも今回は一対一でぐいぐい来られるのだ。

前世では、姉妹と家族四人でいるときでさえ、俺はたじたじだったというのに。

チアキさんのお母さんパワーを、ひとりで受け止められるかはとても不安だ。

それに加えて今は……。

「婚約者候補、だもんなぁ……」

その言葉はむしろ、俺の理性をもろくしていきそうだ。

俺はいったんそういった邪念を追い払い、母親であるチアキさんに向き合おうと決めた。

反省を活かして今度は極力、彼女のママとしての甘やかしを、受け入れていこうと思う。

そんなふうに決意したのだった。

「ハルくん、いる？」

そのタイミングで、俺の部屋のドアがノックされる。彼女も荷物を整理し終えたのだろう。

「はい、いますよ」

「ああ……ハルくん！」

俺はそう言って、ドアを開けた。

「うわっ」

姿を目にした途端、またも彼女は抱きついてきた。

その柔らかな胸が、再び俺に襲いかかってくる。

「荷物はどう？　足りないものとかない？」

「だ、大丈夫……」

おっぱいをむにゅむにゅと押しつけられながら、俺は答える。

むむ……。甘やかしを受け入れると決めた直後だが……。

やはりこの無自覚なスキンシップはよくない。とてもけしからん。

そう口にしたいところだが……。

「ハルくん、困ったことがあったら、なんでもママに言ってね？」

嬉しそうに笑みを浮かべるチアキさんを見ると、やめてくれとも言い出せないのだった。

言ったら多分、泣くとか落ち込むとかしそうだしな……。

しかも今は、それをフォローしてくれる姉妹もいない。

そんなわけで、俺は前途多難な予感を抱きつつ、チアキさんと暮らしていくことになるのだった。

●

「ハルくん、朝よ♪」

翌朝は、チアキさんの声で目を覚ました。

「ん、うぅ……」

「朝はシャキッと起きたほうが健康的だけど……まだ眠い？　それなら、ママが添い寝してあげましょうか？」

チアキさんはすぐ側でこちらをのぞき込んでいる。

「いや……起きます」

「そう？」

俺は気合いを入れて目を開くと、身を起こし軽くのびをする。

「こうやってハルくんを起こせるの、なんだかいいわね♪」

嬉しそうなチアキさんを見て、何も言えなくなってしまう。

前世では途中から部屋に鍵をかけていて、こうして起こされることなどなかったからな……。

まあ、思春期男子としては、そうそう部屋に入られても困る、という事情もあったし。

そこに関しては一概にこちらが悪いという話でもないと思うけれど、こうして嬉しそうなチアキさんを見ると、思うところもある。

「朝食の準備、もうできてるわよ♪」

彼女はそう言うと、そのまま俺の服に手をかけてくる。

「さ、お着替えしましょうね」

「いや、自分で着替えられるからさ……」

そう言って彼女から離れる。

「えぇぇ、ママがやってあげるのに」

少し残念そうに言うチアキさんだが、さすがに着替えは自分でできる。

前世の反省も踏まえ、もう少し向き合おうとは思ったが、着替えを手伝ってもらうのはやりすぎだろう。なんか、意味合い変わってきそうだし。

ひとまず部屋を出てもらい着替えを終えると、待ってくれていた彼女と合流して食事へと向かう。

侯爵家の屋敷ではあるものの、本邸ではないことと今回の用途から、常駐してくれる使用人も少なめで静かに感じる。

とはいえ、前世の感覚からいうと大豪邸の部類だし、そもそも使用人がいる、という状況自体特殊だ。メイドたちが住み込みとなれば、なおのこと。それだけ大きな屋敷だった。

転生してから長いので貴族生活に慣れつつはあったものの、チアキさんとの再会で感覚が現代寄りに戻ったためか、あらためてすごいなと思う。

そんなことを考えながら廊下を歩き、食堂へと向かう。

広すぎる食卓は落ち着かないし、仲良くなるという意味合いも込めて、距離は近いほうがいい。チアキさんが事前にそんなふうに言ったらしく、食卓は貴族らしい大きなものではなく、飲食店の六人席程度のサイズに落ち着いていた。

また、普段なら食堂には何名かのメイドが控えているのだが、今はチアキさんとふたりきりだ。

一応、隣の部屋には二名ほど控えているようではあったが。

まあ、チアキさんが俺の母親だというのは、自分たちにしかわからない事情なので置いておくとしても。俺たちはいま、こちらの世界基準でいっても、同じ国の友好的な貴族同士だ。問題が起こる可能性は高くない。だから護衛的な使用人はついていないし、お互いの家が相手を警戒することもないみたいだな。

これが他国の貴族だったり、関係がきな臭い家同士なら、両家の使用人が張りついていることになるのだろうが……。

ともあれそんなわけで、俺たちは親子水入らず（というのだろうか……？）で、食卓を囲んでいたのだった。

「ほら、ハルくん、あーん」

そう言って、フォークに刺さったお肉を差し出してくるチアキさん。

かなり気恥ずかしいが……。

俺はチアキさんを眺める。

彼女はニコニコと笑みを浮かべながら、ずいっとフォークを突き出してくる。

まあ、向き合うって決めたばかりだしな……俺は口を開けて、彼女のあーんを受け入れた。

「あはっ♪」

そんな俺を見て、彼女が満面の笑みを浮かべる。

その顔をまぶしく思い、照れくさくなって目を背けた。

「ね。ハルくん。今度はママが、ぜーんぶハルくんのこと、してあげたいな♪」

おそらくは本気だろうその言葉に、俺はどう反応すべきか戸惑いつつ……。

しかしそんなチアキさんに、暖かい懐かしさを感じるのだった。

●

元々、俺とチアキさんに血のつながりはない。

俺にとってチアキさんはいわゆる継母《ままはは》というやつで……。

最初に会ったときのイメージとしては、新しい母親というよりも、きれいなお姉さんだった。

ただでさえ若く見える彼女だが、出会ったときはそれこそ、年齢的にもお姉さんと呼ぶべき年齢だったはずだ。

チアキさんは優しくてきれいなお姉さんで、小さな男の子が憧れる女性像そのものだった。

ちょっとした緊張もありつつ、チアキさんや姉妹との暮らしは上手くいっていたと思う。

しかし思春期を迎えると、若くてきれいなお姉さんとの暮らしは、いろいろかなり気恥ずかしい部分も出てきて、素直になれなくなっていった……。俺がもっと小さければ、義母だと知らずに成長できたかもしれないな。

まあ、そこは今となっては反省すべき点だと思うし、同時に、仕方ない部分もないではないかな、といまだに思ってもいる。

チアキさんは年齢を感じさせないほど若く、子供の面倒を見るのが好きだった。

甘やかしがちでスキンシップも多め、それでいてママとして接してくる無防備さもある。

……まあ年頃の男の子にとっては、いろいろと困った部分が多いということだ。

そんなことを懐かしく思いだし……今度こそはと彼女の甘やかしを受け入れていった結果、俺は婚約者候補であるチアキさんに、数日だけですっかりと甘やかされまくっていた。

朝は起こされ、一緒にご飯を食べる。彼女はちょっとしたタイミングで飲み物を持ってきてくれたり、困ったことはないかと尋ねてきたり、俺にべったりだった。

家族と再会できたという喜びもあるだろうし、反抗期気味というか素っ気なかった俺が甘やかしをある程度受け入れたことで、喜んでいる部分もあるのだろう。

ただ、甘やかしのリミッターが外れてしまっていることには、他にも大きな要因がある。

ここにはアヤカとマフユの姉妹がいない、ということだ。

彼女の母性が本来向かうはずである娘たちがいないことも、ここ最近の甘やかしに拍車をかけているのだと思う。

今、彼女の子供は俺だけなわけで――それを思うと、俺のほうも過度な甘やかしだとは思いつつ、なかなか無下《むげ》にはしにくいのだった。

しかしそんな俺の態度は、チアキさんの甘やかしを際限なく加速させていくことになっていくのだった。

「ハルくん！」

彼女は俺を見つけると駆け寄ってきて、そのままぎゅっと抱きしめる。

こういったハグは、前世ではうまく避けていた。そのせいでだんだんと彼女もしなくなっていったのが、再会してからはずっとこんな調子だ。

むぎゅっと抱きしめられると、チアキさんの爆乳が俺の身体で柔らかく潰れる。

その甘やかな感触に意識を奪われつつ、小さく腰を引いた。

「んー、ハルくんの抱き心地、大好き♪」

そんなことを言って、無防備に抱きついてくるチアキさん。

彼女にとってはあくまで息子、親子のスキンシップということなのだろうが……。

転生してもやはり、俺には刺激が強すぎる。

とても魅力的な女性なのだが、その自覚がないせいで、こうしたスキンシップがとても多い。

俺としてはいつも、理性が危うくなってしまうのだ。

「再会してからは、ハルくんがママを甘やかしてくれて、すっごく嬉しいの♪」

彼女は楽しそうに言いながら、俺に抱きつき続けている。

柔らかなおっぱいはもちろん、その甘やかな香りも俺の理性を揺らしてくるのだった。

「ハルくんは、ママにしてほしいことってない？」

「いや、もう十分だよ……むしろ今だって、甘やかされすぎているくらいだし」

そんなふうに言うものの、彼女のほうはまだまだ足りないみたいだった。

「そう？　ほんとに、なんでも言ってね？　ママはハルくんのために、なんだってしてあげたいの」

そう言う声は少しだけ寂しそうで、俺はやはり彼女を突き放しがたいのだった。

だがそれはそれとして。

あまり抱きつかれていると、男としての生理現象が起こってしまう。

俺はさりげなく……というのは思いっきり抱きしめられていて無理なので、ひとまず強引に彼女から離れる。

「ハルくん？」

ちょっと残念そうな声を出しつつも、離れてくれる。

しかしあれだな……。スキンシップもやばいのだが、彼女の甘やかしをこうして受けていると、どんどんダメ人間になっていきそうだ。

「一応、俺も自分のことはできるからさ……」

そう言ってはみるものの、当然その程度でチアキさんが引くことはない。

「そうかもしれないけど、面倒なことってあるでしょ？　そういうのはママがやってあげたいの。ハルくんは好きなことだけをしてて、いいんだよ？」

「いや、それは本当にダメ人間だから……」

「そうなっても、ハルくんはダメなんかじゃないよ」

再びむぎゅっと、抱きしめられてしまう。これはやばい。心がかなり揺れてしまう。

「ダメな子でもいいけどね。ママが面倒見てあげるから」

ちょっと楽しそうにチアキさんが言う。

「好きなだけ、ママに甘えてね？」

にこやかに笑うチアキさん。

何不自由ない暮らしの中での、この魅力はすごい。

いやこれ、本当、ダメになりそうだな……。

●

そんな甘やかし生活が続いていくと、俺もやはり油断することが増えてくる。

時間が空いたので本を読んでいたのだが、眠くなってベッドで昼寝を始めた。

そして寝ぼけながら、隣の何かに抱きつく。

柔らかくて、暖かくて、俺は思わずそのまま何かを抱きしめていた。

「ハルくん……」

「……わっ！」

それがチアキさんだと気がついて、驚いて離れようとした。

「むぎゅー♪」

しかし反対に、今度は抱きしめられてしまう。チアキさんだということがわかると、その柔らかさが爆乳なんだということを、はっきりと意識した。

そんな柔らかおっぱいを押し当てられ、寝起きの無防備なところに女らしさを存分に感じてしまい……。

俺の身体は素直に反応してしまう。

しかも心構えができていなかったため、体勢も悪く、全身が密着した状態だ。

「ハルくんの寝顔、とてもかわいくて。私も見てて、うとうとしちゃった。ぎゅー♪　……あら？　ハルくん、何か……」

「うっ……」

彼女はついに気付いたようで、身体を軽く動かす。

「これって……」

そしてチアキさんは、その硬さを確かめるように足を動かし、腿《もも》で俺の股間をなでてきた。

「あっ……♥　この硬いのって……」

チアキさんはそれにはっきり気付くと、足をどかしてから、少し赤い顔で俺を見つめた。

普段は無邪気なスキンシップをしてくるチアキさんの、恥じらうような表情は破壊力があって、俺は戸惑ってしまう。

「ハルくん、男の子だもんね……」

「うっ……」

恥ずかしさで声を詰まらせると、彼女は少し慌てたように言った。

「だ、大丈夫よ？　健康な男の子ってことだもの……ほら、こんなに逞《たくま》しくなって」

「あっ……」

彼女は慌てた様子のまま、ズボンの膨らみをきゅっと握った。

チアキさんの細い指が、ズボン越しに肉竿を触っている。

「あぁっ、ご、ごめんなさい。つい……」

ぱっと手を離すチアキさん。

安心とともに、少し残念な気持ちが湧き上がってしまう。

そんな俺の雰囲気を察したのか、それとも甘やかしの心が発動しているのか……。

彼女は赤い顔で、俺の股間と顔を交互に見ながら言った。

「こ、これ……ハルくんの、男の子……ズボンの中で、すごく苦しそうね……」

「う……」

ちらちらと勃起を見られると、気まずいような恥ずかしいような思いが湧き上がってくる。

「男の子って、その……おちんちん、勃起しちゃうと、精液を出すまで、ムラムラが治まらないのよね？」

チアキさんの口からでる卑猥な言葉に、むしろ興奮してしまう。

「それに……いま大きくなっているのって、私に抱きついたから、よね？」

「ああ……」

俺は正直にうなずいた。

今回は、寝ぼけた俺が先に抱きついてしまったわけだが……チアキさんの無防備なスキンシップは、いつだって刺激の強いものだった。

彼女の反応を見るに、これまではそういう意識がばれていなかったというわけで……。

恥ずかしさという点ではマシだが、それほどまでに無自覚にエロいスキンシップをしていたのだという魔性っぷりが、恐ろしくもある。

「そ、そうなのね……私で興奮して、おちんちんこんなに……」

彼女は赤い顔で、また股間を凝視してくる。

そんなふうに見られてしまうと当然、勃起は治まる気配もなく、ズボンを押し上げたままだった。

「そ、それなら、ちゃんと私が責任、とらないとね……」

「えっ……」

驚く俺に、彼女がずいっと迫ってくる。

「ん、私のこと、女の子として見てくれたんでしょ？　ちょっと恥ずかしいけど……それもなんだか、今は嬉しいわ♪」

そう言った彼女は、ズボンに手をかけてくるのだった。

「それに、なんでもお世話するって、言ったでしょ？」

「いや、でもこれは……」

俺は期待と戸惑いがない交《ま》ぜになった状態で、中途半端に後ろに下がろうとした。

けれど、そんな抵抗でさえないそぶりでは、チアキさんの甘やかしパワーに対抗できるはずもなかった。

「息子の面倒をみるのは、ママの役目だもの♪　ハルくんのこれ……ちゃんとママが気持ちよくお世話してあげるから……ね？」

「うっ……」

ズボンに手をかけながら、かわいく上目遣いに見つめられると、欲望のほうが勝ってしまう。

ずっと憧れていたきれいなお姉さんは今や、俺の婚約者なのだ。

俺はチアキさんにされるがまま、ズボンを脱がされてしまうのだった。

「あっ……♥　すごい」

勃起竿を直接目にして、チアキさんが明るい声を出した。

「ハルくんのここ、すっごく大きいのね……♥　こんな、んっ……こんなに逞しいもの、ズボンに隠していたなんて……♥」

彼女はしげしげと肉棒を観察する。

チアキさんの、いつもは慈愛に満ちた無垢にも思える表情がチンポのすぐそばにある状態は、背徳感混じりの興奮を俺に呼び起こした。

「こんなに大きなおちんぽ……♥　ハルくんも男の人なのよね……」

そう言いながら、彼女の手が優しく肉竿を握った。

細い指が肉竿をつかみ、しっかりと握ってくる。

「あぁ……♥　熱い……」

熱っぽくチンポを眺めると、次には俺のほうへと向き直る。

「ね、ハルくんはママのどこに興奮して、おちんちんを大きくしちゃったの？」

肉棒を握りながら尋ねられる。

「抱きついていたから……男の子とは違う、細い肩？　むちっとした丸いお尻？　それとも、ハルくんの身体にむぎゅっと当たっていた、おっぱい？」

そうして俺の反応を見ると、嬉しそうに言った。

「おっぱい、なのね？」

「ああ……そうかも」

俺は観念して、うなずいた。チアキさんの爆乳は、いつだって俺の目を奪っていたし、スキンシップで当たるたびに意識してしまっていた。

「おっぱい、好きなのね……うん、それじゃあ……」

彼女は一度肉竿から手を離すと、自分の服に手をかけていく。

そして胸元を大胆にはだけさせていった。

「おお……」

思わず、声を漏らしてしまう。

たゆんっと揺れながら現れた、爆乳おっぱい。

これまでにも当てられたり、揺れる姿に目を奪われたりするたびに妄想したそれが、直接現れている。ずっしりと重そうに揺れる乳房は、彼女のあふれる母性のようにボリューム感たっぷりで魅力的だった。

そのとても豊かな双丘の頂点に、ちょこんと見える乳首もエロい。

「あっ……♥　そんなに熱心に見つめられると、んっ、ちょっとはずかしくなっちゃうわね……。で、でも、それだけハルくんが、ママのおっぱいに魅力を感じてくれてるんだよね……♪」

そして恥じらう姿も、ものすごくそそるものだった。

いつものチアキさんなら、もっと性的な色が薄い反応だ。「おっぱい好きなの？　じゃあいいよ、むぎゅー♪」くらいのノリで、くっついてきそうなものだ。

けれど彼女は、俺の視線に女性として恥じらいを見せており……。

「あっ、おちんちん、ぴくって跳ねた……♥　ふふっ、おっぱいが、本当に好きなのね……」

その妖艶な姿に、オスとしての欲望をくすぐられてしまう。

「それじゃ、ハルくん……」

彼女はたわわな双丘を、ずいっとこちらへと突き出した。

「ま、ママのおっぱい、吸いながら、おちんちん気持ちよくしてあげるわね……。ほら、どうぞ……んっ……」

そんなふうにおっぱいを突き出されたら……。

俺は我慢できるはずもなく、彼女のおっぱいに手を伸ばす。

「あんっ♥」

むにゅり、とその爆乳に指が沈み込む。柔らかく受け止めてくれるおっぱいをやわやわと揉んでいくと、その極上の感触で、安心感と興奮が同時に湧き上がってきた。

むにゅむにゅとかたちを変えるおっぱい。

両手に収まるはずもないその爆乳に触れながら、俺は乳首を軽く唇で挟んだ。

「んっ……♥」

チアキさんが、普段とは違う甘い声を漏らした。それは母親ではない、女の声だ。

「あっ……ん、いいわ、そのまま……おっぱい、好きにしていいからね……？　ママは、ん、えっちなハルくんのおちんちんを……♥」

「くっ……あ、チアキさん」

彼女の手が、再び肉棒を握った。今度は先程よりも少し強めで、しっかりと握ってくる。

「あぁ、熱いおちんちん……♥」

そしてチアキさんは、そのままゆっくりと手を動かしてきた。

「しーこ、しーこ……こうやって、ハルくんのおちんちん、ママがこすって、気持ちよくしていくからね……♥」

「あぁ……きもちいいよ」

チアキさんの指が肉竿を往復し、優しくしごいてくる。

それは一見すると緩やかな刺激なのだが、女性の指だという興奮のためか、ものすごく敏感に感じられたのだった。

「しーこ、しーこ……硬いおちんちん……しーこ、しーこ」

チアキさんはそのまま肉竿をしごき、高めてくる。

その気持ちよさを感じながら、俺は目の前のおっぱいに吸いついた。

「あんっ♥　ん、ハルくん、上手っ……」

彼女はそんなふうに言うと、手コキを続けていく。

「はぁ……あっ、んっ……♥　おちんちんはこんなに逞しいのに、赤ちゃんみたいにママのおっぱいに吸いついて……んっ♥」

チアキさんは嬉しそうに言いながら、肉竿を擦っていく。

「かわいくて、かっこよくて……どうしていいか、わからなくなっちゃいそう……」

そう言いながらも、チアキさんの手コキはリズミカルに続いていく。

俺は心から癒やされる快感に浸りながら、目の前のおっぱいを愛撫していった。

「ハルくん、んっ……そうやって吸われてると、あぁ……♥」

乳首に吸いついていると、チアキさんは色っぽい声をあげながら手を動かし続けた。

「んっ……しーこ、しーこ……ママのおっぱい吸いながら、あっ♥　おちんちんしこしこされて、いっぱい気持ちよくなってね♪」

彼女のしなやかな手が肉竿をしごきあげ、快感を送り込んでくる。

「しーこ、しーこ……ほら、ママの手で気持ちよくなって、んっ……おちんちんのお世話も、ママがしてあげるから、あぁ♥」

手コキをしながら感じているチアキさんはとてもエロく、もう完全に母ではなく魅力的な異性だ。

「ん、あぁっ……♥　ハルくん、おちんちんから、とろとろのえっちなお汁、あふれてきちゃってる……ほら……」

そう言うと、彼女はその細い指に我慢汁をまとわせて、くちゃくちゃと音を立てながら肉棒をいじっていく。

「ふふっ♥　すっごくえっちな音がしちゃってるわね……。ママのお手々で、気持ちよくなってくれてるのね……♥」

俺はチアキさんの指に高められながら、その乳首に吸いついていった。

「あんっ♥　あ、そんなに吸われると、あっ♥　んっ……」

チアキさんは色っぽい声を出しながら、手コキの速度を上げていった。

「ん、ふぅっ……♥　しこしこっ、しこしこっ♪　いーこいーこ♥」

彼女はリズミカルに手を動かしていく。

「あぁ、おっぱい、そんなに吸われたら、ん、はぁっ……♥　なんだか気持ちまですごく、んっ♥　あぁ……♥　ハルくんっ……！」

彼女は妙につややかな声で俺を呼びながら、手コキを行っていく。

普段は甘やかしママのチアキさんが、俺のチンポを握って気持ちよくしてくれているのだ。

授乳手コキという姿勢自体はママみにあふれているものだが、そこに含まれる色は十分に淫らなものだった。

「あっ、ん、おちんちん、もうイキそう？」

「ああ、そろそろ……」

「いいわよ♥　ママのおっぱい、んっ、吸いながら、おちんちん気持ちよくなって、溜まった精液、ぴゅっぴゅして♥」

「うぁ……出る……」

チアキさんはそのまま手を速め、ラストスパートをかけてくる。

「しこしこしこっ♥　ガチガチのおちんちん♪　精液出しちゃって……ほらぁ♥　しこしこしこし、しこしこしこしこっ♥　素敵なおちんちんですよー♥」

「ああっ！」

俺はそのまま、彼女の手で射精した。

「あぁ♥　すごい、白くてドロドロのが、びゅー、びゅーって♪」

彼女は射精中の肉棒をしぼるようにして、精液を最後まで吐き出させていった。

優しく奉仕されたまま、精を放出していく。

「あぁ……ハルくん。濃いせーし、たくさんぴゅっぴゅっしたわね……♥」

うっとりと言いながら、チアキさんが肉竿をいじってくる。

「おちんちん、すっきりできた？」

彼女は肉棒を握るのとは反対の手で、優しく俺の頭をなでてきた。

「これからもいっぱい、ママに甘えてね……♥　どんなことでも、息子の面倒は見てあげるんだから……ね？」

「うっ……」

最高に甘やかされながら、俺はその気持ちよさに浸っていたのだった。

●

そんなことがあってからも、チアキさんとの日々は続いていく。

彼女は相変わらずママとして俺の面倒を見て、甘やかしてくるのだが……。

俺のほうはこれまで以上に、チアキさんを女性として意識してしまっていた。

それも無理はないだろう。

なにせすでに、彼女の大きなおっぱいに触れながら、手コキをされてしまったのだ。

最初はママとして息子のお世話を……みたいな話ではあったものの、こちらからすれば明らかに性的な行いだし、彼女のほうも最終的にはそういう空気になっていたようだった。

そんなふうに身体を委ねてしまうと、そのまま何事もなかったように、とはやはりいかなかった。

俺としてはなおさら意識して、ふとした瞬間に彼女からの手コキを思い出してしまうのはもちろん、これまでのようなスキンシップでも、触れたおっぱいの感触をより鮮明に感じられるようになってしまった。

そんなわけで俺がチアキさんを女性として認識してしまう一方、そういった反応もあってか、彼女も少しこちらを意識してくれているようだった。

とはいえ、無邪気なスキンシップは相変わらずなので、俺としてはちょっとつらい。

そんなこんなで、面倒を見られつつも、これまでとは変わった空気の中で過ごしていく。

「ハルくん、ぎゅー♪」

いつもどおり、彼女が後ろから抱きついてくる。

その豊満な胸が柔らかく押し当てられて、気持ちがいい。

そしてチアキさんの甘やかな匂いに包まれる。

「ハルくんの背中、とってもたくましいわよね。やっぱり男の子なんだなって感じがする」

「アヤカさんとかは、小柄でしたしね」

おっぱいの感触と、耳元をくすぐるチアキさんの吐息に意識を奪われながら俺は答えた。

姉妹はふたりとも女の子らしく細いタイプだが、姉であるアヤカさんはとくに小柄だった。

そのため肩幅も、俺とはかなり違う……と、思う。

実際に姉を抱きしめたわけじゃないから、見た目の話だけれども。

「ふふっ、そうね。それに、んっ……匂いも男の子って感じがするもの」

そう言いながら、チアキさんは抱きしめた手を動かしていく。

俺の胸板をなでるように動く、彼女のしなやかな手。

その触り方はあくまでなでているだけで、過度に性的な含みがあるわけではなかった。

しかし、女性の手が身体をなでるというだけで意識してしまうし、背中にはおっぱいが押し当てられているのだ。

「チアキさん、そんなにくっつかれると……」

「くっつくの、嫌……？」

チアキさんは少し哀しそうな声を出した。

正直なところ、嫌ではない。

美女に抱きつかれるなんて、むしろ望むところだ。

だがしかし。男としての部分が反応してしまうわけで……。

以前ならチアキさんはそういった部分について、かなり無頓着というか、無防備だった。

スキンシップもあくまで親愛の意によるものだった。

けれどこの前、授乳手コキをしてしまって……彼女は、自分の身体が俺をムラムラさせている、ということに気づいたはずだ。

あくまで母親としての意識が強いのか、まだ半信半疑ではあるみたいなのだが……。

「嫌じゃないなら……あっ……」

そこで彼女は、俺の状態に気付いた。

「ハルくん、ここ……また……」

「うっ、チアキさん……」

彼女の手が、俺の股間へと伸びてくる。

そしてズボンの上から、しっかりと膨らみを握った。

「これ、やっぱり私に反応してるの……？」

「はい……」

俺がうなずくと、彼女は少し恥ずかしそうな、嬉しそうな声を出した。

「そうなんだ、ハルくん……♥」

そしてチアキさんは、耳元で甘やかな誘惑をしてくる。

「ね、ハルくん……ママはハルくんのどんな面倒も、全部見てあげたいの。朝は起こしてあげて、ご飯を作ってあげて……そして……」

そう言って、彼女は手を小さく動かした。

「ハルくんの大事なところのお世話も……♥」

「そんな……チアキさん……」

しなやかな指が股間をくすぐる。

「男の子は、溜まっちゃうものなのよね？　あまり溜めすぎるのもよくないって聞くし……ママがちゃんと、精液しぼってあげる♪」

「うあっ……」

ずっと母親だった彼女にエロいことを耳元でささやかれて、ドキリとしてしまう。

視覚的な身体のエロさはともかく、チアキさん自身は普段、下ネタやエロに関するすることは口にしない女性だった。

そんな彼女から出てくる誘いの言葉に、俺の興奮は増していった。

「それに今の私は、ハルくんの婚約者でもあるし、ね……。だから何も、おかしなことじゃないと思うの」

「チアキさん！」

俺は振り向くと、彼女を抱きしめた。

「あんっ♥　ハルくん……♥」

彼女は俺に抱きしめられると、顔を赤くした。

「ね、ベッド、いきましょ……」

恥ずかしげに言うチアキさんの姿に、俺は昂ぶっていくのだった。


「ハルくん、脱ぎ脱ぎしましょうね♪」

寝室に入ってすぐに、チアキさんはそう言って俺の服に手をかけた。

「ん、しょっ……」

俺は彼女にされるがまま、服を脱がされていく。

「ああ、結構がっしりしてるのね。ここというか、筋肉がわかるわ……♥」

彼女は俺の身体を愛しそうになでていく。

その手の柔らかさを感じているのは、とても心地いい。

「ん、下も脱がすわね？」

そう言って、いよいよズボンに手をかける。

俺はそのまま、チアキさんに身を委ねた。

「ああ……♥　おちんちん、こんなに立派になってる」

そう言いながら、チアキさんが剛直へと手を伸ばした。

「熱いね……♥」

肉棒を握って、うっとりと言った。

このまま前のように手コキしてもらうのも、もちろんいいのだが……。

さきほどの婚約者だという言葉もあって、もっと先を期待してしまう。

「ね、チアキさんも、脱いでよ」

俺が言うと、彼女は赤い顔でこちらを見た。

「えっ、あ、そ、そうよね……」

恥ずかしげにそう言って、彼女は上半身を脱いでいく。

「おおぉ……」

ぶるんっと揺れながら現れたおっぱいに、思わず目を奪われた。

チアキさんの、母性あふれる爆乳。

その柔らかそうな双丘は、やはりたまらないものだ。

「私のおっぱい、気に入ってくれてるのね」

「もちろん」

俺はすぐにうなずいた。

「チアキさんのおっぱい、大きくてとても柔らかくて……」

「あんっ♥」

そう言いながら、憧れの爆乳を揉んでいく。

柔らかなおっぱいは指を受け止めてかたちを変え、むにゅむにゅと極上の感触を伝えてくる。

「すっごく魅力的です」

「あんっ、そ、そうなのね……♥　なんだか、ちょっと恥ずかしいわ……」

そう言いながらも、おっぱいを好きにさせてくれるチアキさん。

俺は両手で爆乳を楽しんでいった。

「ん、あぁ……おちんちんも、喜んでるみたい」

彼女は肉竿を軽くいじりながら言った。

俺のそこは、チアキさんの爆乳に触れ、その手に擦られて、当然猛っていた。

「あぁ、ん、ふぅっ……♥」

俺はチアキさんのおっぱいを揉みながら、肉棒をいじられていった。

「あぁ、すごいのね……熱いおちんちんが、ぴくぴくして、あぁ……♥」

彼女はうっとりとしながら、手を動かしていく。

「しーこ、しーこ……ママの手とおっぱいでまた、いっぱい気持ちよくなってね」

「あぁ……」

甘やかな手コキを感じながら、爆乳を思う存分に揉んでいく。

「ん、はぁ……♥」

この状態もとてもすばらしいものだ。

しかしやはり、前回以上のことを期待してしまう。

それに……。

俺はおっぱいへの愛撫を続けながら、チアキさんの様子をうかがった。

「ん、しょっ……しーこ、しーこ。はぁ、ああっ……」

ママとして……とはいっても、性的なことをしているので当然といえば当然だが顔は赤く、チアキさんも興奮しているようだった。

面倒を見てあげたい、という気持ちは本物なのだろうけれど、同時に無邪気なスキンシップとは違い、これは性行為なのだという昂ぶりがちゃんと見て取れる。

彼女だって、女として感じているのだ。

それなら……。

「ね、チアキさん」

「うん？　なあに？」

彼女は潤んだ瞳で俺を見つめた。

「何かしてほしいことがあったら、ちゃんと言ってね。私にできることなら、んっ、なるべくしてあげたいわ……。だから、ね？」

そう言ってくれる彼女に、素直に告げることにした。

「チアキさんも、下、脱いで……」

「あっ、そ、そうよね……ハルくんだけ裸にして、んっ……」

そう言った彼女は、一度俺から離れると、自らの服に手をかける。

そして赤い顔で、少し意地悪に尋ねてきた。

「ね、ハルくんは……私のアソコ、気になるの？」

その表情はもう、いつもの慈愛にあふれるママではなく、妖艶な女のものだった。

「あ、ああ……そうだよ」

そんなエロい彼女に、見とれながらうなずく。

「そうなのね。……ふふっ♥」

嬉しそうに言いながら、チアキさんは自らの服に手をかけていく。

「んっ……♥」

ぱさり、と服が落ち、彼女が身につけているのはパンツだけになった。

魅力的な女性の身体。

おっぱいは大きく、それでいて腰はきゅっと細い。

そんな彼女の最も大切な場所だけを、小さな布が隠している。

「……それじゃ、脱ぐわね……」

そう言って、チアキさんは最後の一枚に手をかけ、脱いでいった。

俺はその姿に見とれてしまう。

裸自体もエロいが、こうして目の前で脱いでくれる姿というのも、また違った趣《おもむき》があるものだ。

そして最後の一枚も脱ぎ終えると、チアキさんは生まれたままの姿になった。

「ああ……すごいよ」

むっちりとした腿の付け根には、秘められた花園が鎮座していた。

甘やかな香りを放つ、女性の割れ目に惹きつけられる。

「んっ、ハルくん、そんなに見られると、恥ずかしいわ……」

そう言って身体をひねる姿もきれいだ。

「チアキさん、もっとよく見せて」

しかし俺は、彼女にさらに近づくとそう言った。

「あっ、んっ……」

そしてその、淫靡な縦筋へと目を向ける。

チアキさんのそこは無毛で、隠すもののない女性器が露《あらわ》になっていた。

しかしつるつるであるとはいっても、花弁は紛れもなく大人の女性のもの。

興奮で蜜を垂らしながら、薄く花開いている。

そしてピンク色の陰唇が、俺を誘うように揺らめいた。

「ハルくん、んっ……♥」

「チアキさん……」

俺はそんな清楚な割れ目へと、手を伸ばしていった。

「あっ♥」

触れると柔らかな感触とともに、くちゅりといやらしい音がする。

チアキさんの、愛液だ。

俺はその淫蜜を指先に感じながら、秘密の花園をいじっていく。

「あぁ……ハルくんの指が、ん、私のアソコを、ん、はぁっ……♥」

俺はチアキさんの割れ目をいじり、観察しながらほぐしていく。

「あっ♥　ん、ふぅっ……♥」

彼女の口から甘やかな声が漏れるのが、とても心地いい。

「あぁ、ハルくんに、ん、いじられて、私、あぅっ……」

彼女は気持ちよさそうな声を出しながら、潤んだ瞳で俺を見つめる。

「ど、どう……？　私のアソコ、ん、ふぅっ……」

「すごくえっちです。ほら、こんなに濡れて」

俺は彼女の愛液でとろとろになった手を見せた。

「ああっ……♥　私、そんなに濡れて、んっ……ね、ねえ、ハルくん……」

何かを期待するように、俺に言った。

「今の私は、ハルくんの婚約者でもあるから……その、んっ……♥」

恥ずかしがりながら、おねだりをするようなチアキさんを見つめる。

「あっ、だからその……ん、挿れて……ほしいわ♥」

そう言って、彼女の手が肉棒をきゅっと握った。

「もうこんなにガチガチになって……。この射精したそうな勃起おちんぽを……、濡れ濡れで準備万端な私のおまんこに……ね♥」

「チアキさん……！」

直接的に言われると、もう我慢できなくなってしまう。

「四つん這いになってください」

「わ、わかったわ……♥」

俺が言うと、彼女はすぐに四つん這いになった。

丸みを帯びたお尻と、とろとろのおまんこがこちらへと突き出される。

淫蜜をあふれさせるその花弁からは、濃いメスのフェロモンが香っていた。

それが俺の欲望を刺激してくる。

欲望に誘われるまま、俺は無防備になおまんこへと手を伸ばした。

「あっ♥　ん、ふぅっ……」

割れ目を手で、そっと優しく押し広げる。

すると、とろりと蜜があふれ出し、ピンク色の内側がはっきりと見えた。

チアキさんの秘められた場所は、ヒクついていて、俺を求めているようだった。

じっくりといじりたい気持ちもあるけれど、それ以上に猛りを抑えきれそうにない。

「ハルくん、んっ……♥」

彼女がこちらを見て、誘うような目を向ける。

俺は剛直を、その入り口へと押し当てた。

このまま、バックの姿勢で挿入するんだ。

「あっ♥　ん、ハルくんの硬いの、当たってるわ……」

「いきますよ」

「うんっ……きてっ……いっぱいきてほしい♥」

俺はゆっくりと腰を前へ出して、肉棒を押し進めていく。

「あぁ、ん、はぁっ……♥」

肉竿がぐっと抵抗を受けた。

そのまま力を込めていくと、今度はずぶりと肉棒が迎え入れられる。

「ん、あぁぁぁっ……！」

「うっ……！」

熱くうねる膣襞が、ぎゅっと締まりながら咥えこんできた。

その気持ちよさに、すぐにでも出してしまいそうで、ぐっと耐える。

「あぁ……ハルくん、ん、つながったわね……♥　あっ♥」

「ああ……そうだね、チアキさん」

肉棒を受け入れたチアキさんが、色っぽい声を出した。

「ん、どう、ハルくん……」

「気持ちよくて、すぐにでも出してしまいそうです……」

「あんっ♥　もう、そんなこと言われると、可愛くて……私、きゅんときちゃう……♥」

「う、チアキさん、そんなに締められるとっ……」

膣内がきゅうきゅうと肉棒を締めつけて、快楽を送り込んでくる。

その気持ちよさに、思わず腰が止まってしまう。

俺はしばらくは、膣襞の蠕動を楽しんでいた。

「ん、はぁっ……ハルくん、ん、ふぅっ……」

そうしていると、チアキさんが小さく動いた。

「あっ……また締まってます……」

その動きに反応した肉竿が動き、膣襞を擦りあげる。

だが、このままこうしているわけにもいかない。

俺は彼女のくびれた腰をつかみ、ゆっくりとピストンし始めた。

「ん、はぁっ、あっ、あぁっ……」

彼女も感じ始めたのか、小さく声をあげていく。

亀頭が膣襞を擦りあげながら、おまんこをゆっくりと往復していった。

「あぁ、ん、そうっ……いいっ……ハルくん、ん、はぁっ……」

「チアキさんの中、すごく熱くて、あぁ……」

膣襞のうねりに感じながら。腰を動かしていった。

「んはぁっ、あっ、んっ……♥」

そのまま腰を振っていくと、チアキさんも嬌声をあげ始める。

「んはぁっ、あっ、んっ、ふぅっ……♥　ハルくんのおちんぽ♥　私の中をズンズン突いてきて、ん、あぁっ！」

丸みを帯びたお尻を揺らしながら、感じていく彼女。

「あっ♥　ん、ふぅっ、私、あぁっ……！　んぁっ♥」

チアキさんはメスの声で叫び、俺の肉棒で感じていた。

「あぁっ、私、ん、はぁっ、ああっ！」

俺のチンポで突かれながら、淫らに感じていくチアキさん。

日頃のママっぷりとのギャップは、不思議な興奮を呼び起こしていく。

「あっあっ♥　ハルくんのちんぽ、あっ、ん、いっぱい、あぅっ、おまんこを突いて、あっ、ん、はあっ！」

身体を揺らしながら大胆に喘いでいく。

そんな彼女の反応に合わせて、膣襞も肉竿を締めつけてくる。

憧れだった女性と、セックスしているのだ。

その満足感と気持ちよさに、俺は昂ぶっていった。

「んはぁっ♥　あっ、そう、いいっ♥　腰使い、んぁ、ああっ♥」

興奮にままに腰を振っていくと、チアキさんもさらに感じてくれる。

それがまた俺の気分を盛り上げて、ますます抽送の速度が上がっていった。

「あぁっ♥　そんなに、あっ♥　パンパンされたらぁ……あっ、ん、はぁっ！」

チアキさんの声がまた一段と高くなり、余裕がなくなっているのを感じた。

おまんこのほうも、より激しく肉棒に吸いついている。

「んはぁ、あっ、ああっ、私、もう、ん、あぁ……イっちゃう……♥」

その言葉でスイッチが入り、俺はさらにピストンを速くしていく。

チアキさんが女として、チンポでイクところを見たい。

その気持ちを込めて、気持ちのいい穴の中を力強く往復していく。

「んはぁっ♥　あっ、ハルくん、んぁ、ああっ♥　もう、だめぇっ♥　あっあっ、んはぁっ、イクッ！　んぁっ」

逃げられるぬようにしっかりと腰をつかんで抽送を繰り返し、おまんこをかき回す。

「んぁっ♥　あっ、イクッ！　んぁ、ハルくんのおちんぽに♥　おまんこズンズン突かれて、イッちゃうっ！」

「イってください……チアキさん！」

俺はそのままぐいっと腰を突き出し、おまんこの最奥を突いた。

「んはぁぁぁっ！　あっ、ああっ！　イクッ♥　おまんこイクッ！　あっあっ♥　んぁ、イックウゥゥウゥッ！」

「う、あぁっ……！」

嬌声をあげながら絶頂する。チアキさんが、俺のチンポに突かれて乱れ、イっているのだ。

そのシチュエーションに興奮したのもつかの間、絶頂にあわせておまんこがぎゅぅっと肉棒を締めあげてきた。

その気持ちよさに俺も限界を迎え、大量に射精してしまう。

「あ、ああ……！」

「んはぁあっ♥　あっ、ハルくん、んぁ、中に、あふっ、熱いの、びゅくびゅくでてるっ……！　ハルくんの、ザーメンが、んぁっ♥」

「チアキさん、うっ……！」

俺は彼女の腰をつかんだまま、その膣内に精液を放っていった。

もう腰は止めているのに、膣襞が搾り取るように肉棒を咥えこんでいる。

「あふっ、すごい……♥　どろどろの精液、中にだされちゃってる……♥」

チアキさんはうっとりと呟きながら、身体の力を抜いていく。

俺も精子を全て出し切った肉棒を、そっと引き抜いていった。

「あぁ……ハルくん、んっ……♥」

チアキさんはベッドに横になると、俺を見上げた。

「おまんこ、気持ちよかった？」

「はい」

「よかった。私も、すっごく気持ちよかったよ♪」

そう言って、彼女がこちらへと手を伸ばしてくる。

近づくと、そのままぎゅっと抱きしめられた。

行為後の火照《ほて》った身体が重なり、チアキさんの爆乳がむにゅりと押し当てられる。

射精後ですっきりした今、その柔らかく大きなおっぱいには、ただただ安心感を覚えている。

「ハルくん、これからも婚約者のママに、いろんなお世話、いっぱいさせてね♥」

そんなふうに微笑むチアキさんに、そのまましばらく、抱きしめられていたのだった。

●

チアキさんと過ごす日々は続いていく。

その朝も、チアキさんが俺を起こしに来たのだった。

「ハルくん、朝よ♪」

「ん……」

チアキさんの優しい声で起こされるのは、やはり気持ちがいい。

しかし、うまく目が覚めきれず、俺はまどろみの中にいた。

頭は起きつつあるが、身体が起きていない状況だ。

「ハルくん、今日はおねむなのかしら。それなら、んっ……」

チアキさんが、ベッドの中に入ってくるのがわかった。

布団の中で、彼女の温かさを感じる。

「ハルくん、ぎゅー♪」

そして、チアキさんはそのまま、俺に抱きついてきた。

柔らかなおっぱいが腕に、むにゅりと当たる。

そのあまりの心地よさで、このまま二度寝してしまいそうだ。

柔らかく温かなおっぱい。

そしてかすかに感じる、チアキさんの吐息。

彼女の体温が俺をまどろみへと誘っていく。

「ハルくんの身体、男の子って感じがして、やっぱり素敵ね……」

そう言いながら、俺を抱き枕のようにして足を絡めてくるチアキさん。

柔らかな内腿が、俺の身体をホールドする。

「ん、ふぅっ……」

そしてそのまま、すりすりと身体を動かしてくる。

彼女の身体はあちこちがすべすべで、とても気持ちがいい。

その安心感に浸っていると、擦りつけるように動いていた彼女が声をあげた。

「あら？　ねえ、これは……」

チアキさんはそのまま、ごそごそとベッドの中で動いていく。

「ハルくんったら……」

そんなチアキさんの手が、ズボン越しに俺の股間へと触れてきた。

「ここ、こんなに大きくして……ズボンの中で、窮屈そう……」

そう言った彼女の手が、またすりすりと股間をなでてくる。

下半身へと、淡い快感が広がっていった。

「これは朝勃ちっていうのよね……男の人の生理現象だっていうけれど……こんなに勃起してしま

ったら、辛《つら》そうね……」

彼女の手が、ズボン越しにきゅっと肉棒を握る。

「ん、ママが朝勃ちおちんぽのお世話、してあげるわね……」

そう言って、彼女は俺のズボンを下着ごと下ろしていくのだった。

「あんっ♥　すごい……おちんぽ、飛び出してきたわ……♥　こんなに雄々しくそそり勃って……ちゅっ♥」

亀頭に、優しく唇が触れる。

「ガチガチのおちんぽ……気持ちよくして、楽にしてあげますからね……」

そう言うと、チアキさんは根元のあたりを優しく握り、顔を寄せていく。

温かな息が、チンポに吹きかけられる。

身体が動かせず、目も開けていないからこそ、感覚が鋭敏になっているのかもしれない。

そんなことを考えている間にも、チアキさんは朝勃ちペニスへの直接の愛撫を始める。

「ん、ちゅっ……♥　れろっ」

美女の舌が、亀頭を舐めあげる。

温かな舌の刺激に、そこがすぐに反応してしまった。

「あら、おちんぽ、ぴくんって跳ねたわね……。寝ていても、こうしていると気持ちいいのかしら……ふふっ、かわいい……♥」

チアキさんは楽しそうに言いながら、肉竿を舐めていった。

「れろっ……ちろっっ……。ハルくんの意識はまだ寝てるのに、こっちはもうしっかりと起きているのね……ぺろっ、ちろろっ……」

舌先が裏筋を舐めあげ、刺激を送り込んでくる。

「れろろっ、ちろっ、ん、ママがいっぱい気持ちよくしてあげますからね……れろっ、ちろろろっ、ぺろぉっ♥」

長いストロークで大きく舐めあげられ、強い快楽に反応してしまう。

「おちんぽ、なめなめされてヒクヒクしちゃってるわね……あぁ……ハルくんの元気なおちんちん、れろろろっ！」

チアキさんは舌を使い、ぺろぺろと肉竿を舐めてくる。

俺はただただ、その気持ちよさに身を任せることしかできなかった。

「次は咥えてぇ……あーむっ♥」

チアキさんの口が、ぱくりと亀頭を咥えこんだ。

あたたく湿った口内に、すっぽりと包み込まれてしまう。

「あむっ、じゅるっ……」

唇が肉竿を挟み込み、その両側へと刺激を送りこんできた。

「じゅぷっ、れろっ……あふっ……」

チアキさんはそのままゆっくりと頭を動かし、フェラを行っていく。

「あむっ、じゅぶっ……ん、はぁっ……♥　寝ているハルくんのおちんぽ♥　こんなふうに咥えて、あぁ……じゅぶっ、ちゅぱっ♥」

チアキさんはねっとりとフェラを続けていく。

「じゅぽっ……じゅるっつ……れろろろっ、ちゅぱっ♥　ん、ふぅっ……ハルくんは寝てるのに、おちんぽはとっても素直……♥」

なめ回され、しゃぶられて……快感はどんどんと膨らんでいく。

「あむっ、じゅぼぼっ……れろっ、ちゅっ、ちゅぱっ……♥　あふっ、おちんぽ舐め舐めしていたら、私も、ん、ふぅっ……」

チアキさんがもぞもぞと動く気配が伝わってくる。

もしかしたら……。俺のチンポをしゃぶりながら、気持ちよくなっているのだろうか。

それを意識すると、さらに興奮してしまう。

「じゅぶっ、ん、はぁっ……♥　ちゅぱっ、れろっ、ちゅぅっ♥　ママがいっぱい、なめなめして射精させてあげますからね……♥」

チアキさんのフェラは続いていき、ほとんで寝ぼけ半分の快感が膨らんでいく。

「あっ……♥　先っぽから、ん、我慢汁が溢れてきてる……♥　じゅぶっ、ちゅぅっ！　寝ていても、おちんぽどんどん気持ちよくなってくれているのね……♥」

チアキさんは嬉しそうに言うと、フェラを激しくしていった。

「このまま、朝勃ちおちんぽの一番搾りザーメン♥　ママのお口にぴゅっぴゅしてね♪　じゅるっつ、ちゅぼっ、ちゅ、じゅぼっ♥」

「うあぁ……！」

強い刺激とともにびくんと全身が跳ねてしまい、そこでようやく身体が動くようになった。

「あ、ハルくん、ちゅぅっ♥」

「うぉっ……」

俺の目覚めに気づいたチアキさんがこちらを見つつも、しゃぶりついたままの肉竿を軽く吸ってきた。

その気持ちよさに、チンポがぴくんと跳ねてしまう。

「おはよう、ハルくん……」

「お、おはよう……」

「ハルくんのおちんちん、ズボンの中で苦しそうだったから、ママがすっきりさせてあげるわね♪

それに、もうイキたいでしょう？」

「ああ……出したいよ」

意識が覚醒したと同時に、その快楽がさらに膨らんでいた。

「あむっ、じゅぶっ、じゅぱっ♥」

「う、あぁ……チアキさん……」

彼女は追い込みをかけるように肉棒にしゃぶりつき、フェラをしていった。

「じゅぶぶっ、ちゅぽっ、ちゅぅっ♥　寝起きのおちんぽ、いっぱい気持ちよくなって♪　じゅるっ、ちゅ、ちゅぅぅっ♥」

「ああ、もう、出る……！」

「いいわよ♪　お目覚めフェラで、即射精♪　ママのお口にいっぱい出してね♥　じゅぶっ、れろろろっ、ちゅぽっ、じゅぶぶっ！」

彼女は肉竿をしゃぶり、舐め、吸ってくる。

その激しいフェラチオに、俺は限界を迎える。

「じゅぶっ、ちゅぅっ、れろれろれろっ♥　ちゅぱちゅぱっ！　じゅるるっ……じゅぼじゅぼじゅぼっ♥　じゅぞぞぞぞぞっ！」

「ああ、出る……！」

どぴゅっ！　びゅくびゅくっ、びゅくんっ！

俺はそのまま、チアキさんのバキュームフェラで射精した。

「んむっ、ん、ちゅぅぅっ♥」

「ああ、いま吸われると、うっ！」

射精中の肉棒を、チアキさんはストローのように吸ってしまう。

その強い刺激に、俺は一滴残らず射精していった。

「んくっ、ん、じゅぶっ、こくんっ……！」

チアキさんはしっかりと肉棒に吸いついて、精液を飲み込んでいった。

「んんっ、んくっ、ごっくんっ♪　あふぅっ……ハルくんの、すっごい濃い精液……ん、はぁ……ごちそうさま♪」

笑顔でそう言うと、彼女はようやくチンポを口から離した。

すっかりと吸い尽くされ、肉竿も通常状態になっていた。

目が覚めるかどうかというところから、何故かチアキさんにしゃぶられていた。最高に刺激的で気持ちがいい目覚めだった。

「あらためておはよう、ハルくん」

「うん……おはよう……」

お目覚めフェラで搾り取られ、俺は気持ちよさの余韻に浸りながら答えた。

素敵な目覚めではあるけれど、朝からすっかり搾り取られてしまった。

まあ、これといってしなきゃいけないこともないので、困りはしないのだが。

「お昼ご飯は、なにか精のつくものにするわね♪」

チアキさんはテンション高めにそう言うと、俺を見つめて、妖艶な笑みを浮かべる。

「そして夜はいっぱい……ね？」

「ああ……」

どうやら、今日も熱い夜になりそうだった
チアキさんに甘やかされ、いろいろと面倒を見られるエロエロな日々。

そんな幸せが、これからもきっと続いていくのだ。

第二章　お姉ちゃん婚約者との生活

チアキさんとの生活がひとまず終わり、次の婚約者候補と暮らすことになったのだった。

侯爵が決めたこととはいえ、なかなかに豪快なお見合いだと思う。一度離れるとなったときのチアキさんはかなりぐずったけれど、家同士の決まりだし、一時的なことだからと説得し、なんとか帰宅してもらった。

次の相手はアヤカ・カロケリという女性で、カロケリ子爵家の娘さんだ。

小柄な女性で、落ち着いた性格らしい。

と、この世界の情報ではそのくらいなのだが、俺には一つ思うところがある。

先のチアキさんからきて、アヤカ、となると思い浮かぶのは前世での姉だ。

いやいやそんなこと……と思う部分もあるし、期待しすぎるのもよくないことではあると思うが……。

偶然が重なるというよりも、何かしらの力が働いて家族が引かれ合っている、と考えるほうが可能性があるような気もしている。

と、そんなことを考えつつ、婚約者候補との顔合わせを行うことになったのだが……。

「やあ、久しぶりだね」

そう言って軽く手をあげたのは、やはり姉であるアヤカさんだった。

彼女もまた、俺に関する事前情報から、本人だと確信していたという。

きれいな黒髪で落ち着いた雰囲気の彼女は、チアキさんと比べても、前世の頃とあまり姿も変わらない。だからアヤカさんで間違いないと、俺も確かに感じた。

背が低くいせいもあって幼い印象を与える顔立ちだが、そんな見た目に反して、振る舞いはクールなお姉さんだった。

ともすればロリお姉さんといった感じの彼女だが、おっぱいはとても大きく、見た目のイメージを裏切ってもいる。

「壮健なようで何より」

そう言いながら俺を見上げた。そんな仕草も懐かしい。

「アヤカさんも、お元気そうで何よりです」

俺が応えると、彼女は軽く肩をすくめた。

「まあつもる話もあるが、とりあえず屋敷に入ろうか」

アヤカさんはチアキさんと違い冷静な性格のため、出会い頭に抱きついてきたり容赦ない甘やかしをしてくることもない。

そういう意味でも、安心できる相手だ。

俺たちはひとまず屋敷に入り、ひと心地ついた後で、あらためて話をすることにした。

「こっちの世界でこうして再開できるとは思っていなかったから、驚いたよ」

「俺もです」

答えると、彼女はうなずいた。しかし、少し考え込むようにしてから言ってくる。

「それで、提案なのだが……」

彼女は俺の顔をうかがうようにしながら続ける。

「前世のことは前世のこと――思い出までなしにする必要はないが、こと関係性という点においては、こちらの世界に合わせないか？」

そこで少し顔を赤くして続ける。

「つ、つまり、わたしがキミの姉だったというのはいったん置いておいて、その、普通に婚約者として接していかないか、ということだ」

「なるほど……」

俺がうなずくと、彼女は赤い顔のまま、こちらを見た。

「その、なんだ……前世のことは前世のことだし……わたしとキミは前の世界でだって、出会い方が違えばこういう関係もあったんじゃないかな、と思うんだ」

俺とアヤカさんにも、血のつながりはない。

前世では姉であろうとし、俺に頼れる姿を見せようとしてくれていた彼女だけれど……。

反面、女性三人の中では一番冷静だったのも彼女だ。こうして転生して関係性が変われば、それに適応したいと言いだしたのも、とても納得できる流れだった。

「だからこれからは……わたしのことを呼び捨てでいいし、わたしもそうするよ」

そしてちょっと照れたようにこちらを見て、言った。

「あらためて、これからよろしく、ハルト」

そう言って、手を差し出してくる。

「うん、よろしく、アヤカ」

俺はそれに応えて、彼女の手を握った。

小さく柔らかな手を握ると、彼女はより顔を赤くする。

その様子を見て、俺も照れくさくなってしまった。

アヤカさん――いや、アヤカと婚約者として、あらためて関係を築いていくというのは良いことだと思う。

元の家族としても、ママらしさ全開でそれをぶつけてきていたチアキさんとは違い、アヤカは落ち着いていた。姉であり家族であろうとはしていても、もう一歩は踏み出さず、異性であること意識して、ベタベタしてくることはなかったし。

そういう意味では俺も、アヤカを婚約者として受け入れるのは、チアキさんほどの抵抗はない。

が、しかし。そうなるとむしろ……。

俺は改めて、アヤカを見る。

幼く見える部分はあるものの、彼女も紛れもない美少女であり、内面的にも完璧な姉だった。

姉弟としての気安い関係でありながらも、異性としての距離感も感じていた存在……。

そんな彼女と、これからはもう家族ではなく、婚約者として一緒に暮らすのだ。

お試しの同居というより、初カノと付き合い始めたばかりの状態からの同棲くらいのイメージ的な違いがある。俺は思わず、ドキドキしてしまうのだった。

そしてそれは、彼女のほうも同じようで――。

「さ、さあハルト。ひとまず、今日はそれぞれ部屋でも見に行こうか。いろいろ、整えなきゃいけないこともあるだろうし」

「あ、ああ、そうだな」

とはいえ、俺のほうはもうチアキさんとのことがあったから、部屋は充分に整っている。それでも気恥ずかしさからうなずいて、俺たちはいったん別れるのだった。

●

関係性をリセットし、婚約者として暮らし始める――。

言葉にしてみると簡単なことのように思えるし、意識を変えること自体はそんなに難しいことでもない。元々、血の繋がらない姉弟だったしな。

前世のときだって、俺はそこまではっきりと、彼女たちと家族でいられたわけでもない。

それを悔やむこともあったが、仕方がなかったんだ。誰もがうらやむ美人な母と、学園でも人気の姉妹に囲まれてしまうと、そう簡単に家族として受け入れるというのは、思春期男子には難しい。

その反省と気持ちの切り替えあってこそ、婚約者として――ということを受け入れられる。

しかし、とても魅力的な女の子であるアヤカを異性として受け入れ、いきなり同棲となるわけで。彼女の魅力を存分に思い知っている俺としては、それはそれで、なかなかにときめいてしまうのだった。

そんなことを考えながらも、朝は自分できちんと起きて、しっかりと朝食を共にする。

真面目なアヤカに合わせようと思ったのだ。しかし……。

「こ、こうして食事をするのまで、少し照れくさくなってしまうな、ハルト」

「たしかに……」

今回もテーブルは小さい。俺のすぐ前に、アヤカが座っている。

もちろん食事は、前世でだって一緒だった。

しかしここまで相手を意識してしまうと、どうしても照れくさくなってしまう。

アヤカのほうも同じように意識しているせいで、なおさらなのかもしれない。

「そ、そもそも、ふたりきりで食事というのは、あまりなかったかもしれないな」

「だいたい、チアキさんがいたしな」

「ああ……」

甘やかし属性の強いチアキさんは、アヤカとマフユに対しては俺以上に、遺憾なくその過保護を発揮していた。

だから彼女がいない食卓というのは、ほとんどなかったのだ。

「……そういえば」

黙っていると照れくさいのか、アヤカが口を開く。

「こっちの世界での暮らし、ハルトはどうだった？」

「どう、か……そうだな」

俺は少し考えて、答える。

「特に不自由もなかったし、よくしてもらってたよ。貴族だからかな……まあそれなりの距離感っていうのは、家族の中でもあったけど」

「ああ……わかるよ」

俺の答えに、アヤカは小さく笑った。

「それでいうと、前の家族はずいぶんとべったりだったからね……」

チアキさんの甘やかしは一級だ。

それこそ貴族的な、距離を持った関係とはほど遠い。

「アヤカは？」

俺が尋ねると、彼女はうなずいた。

「そうだね。わたしのほうも、ずいぶんと静かな暮らしだな、と思ったよ」

チアキさんの無邪気な甘やかしスキンシップを、思春期で避けていた俺と違い、娘のアヤカは愛情を受け入れていた。そんなアヤカからすれば、こちらでの家族像というのは、かなり違ったものだっただろう。

「貴族社会であろうと、自立なんていつでもできると思っていた。だが、いざとなると不安もある……そんなふうに感じもしたが……」

そこでちらりと俺を見て、顔を赤らめた。

「こっちの世界にきてよかった、と思うこともあるかな」

そう言って。彼女は小さく視線をそらす。

「よかった……？」

俺が首をかしげると、彼女は慌てたように言った。

「ま、まあそれはいいさ。それよりも……」

彼女は小さく咳払いをする。

「あらためて、今のわたしたちとして交流して、関係を深めていこうじゃないか。その、思い返してみれば、あまり一緒に出かけることさえなかったし」

「ああ……たしかに」

アヤカは唯一、新しくできた弟である俺と、適度な距離でいた人でもある。

突然できた異性の家族が接しにくかったというよりも、俺のスタンスに配慮してくれた、という感じだったのだろう。

なにせチアキさんは、甘やかしでぐいぐいくるタイプだし、妹であるマフユも元気で無邪気なタイプだ。

そんなふたりに迫られる俺は、悪くいえば振り回されっぱなしだったわけだしな。

そのなかに加わらず、年頃の俺に気を遣ってくれたアヤカは、俺にとってもいちばん落ち着ける相手だった。しかし反対に、ふたりきりでの接点が少ない家族でもある。

「弟ではないハルトと過ごすのは、ちょっと楽しみだよ♪」

そう言って笑みを浮かべるアヤカはとても可愛らしく、俺は思わず見とれてしまうのだった。

●

アヤカとの同棲生活が始まると、互いに少し緊張しながらも、おだやかな時間が流れていった。

元々、アヤカは過度に距離を詰めてくるタイプではないし、俺のほうもそう積極的な訳ではない。

そのため、一緒に食事したり和やかに会話はしても、チアキさんのようにイチャついたりスキンシップをとったり、ということはないのだった。

ただ、それでは婚約者を決めるという名目的には問題もあるし、少しは「らしい」ことしよう、ということで、俺たちは森へと出かけることにした。

木に囲まれた静かな空間は、なんだかノンビリとした気持ちにさせてくれる。

「こうして並んで歩くのも、なんだか珍しい気がするね」

「確かに」

人気のない森の中を、ふたりで歩いていく。

このあたりは敷地内なので、他人が入ってくることもない。

貴族の敷地に忍び込むような人間はまずいない。

この森は季節によって山菜や木の実が採れるし、冬には暖炉用の薪を採集している場所だ。

そういった作業に使ったり、必要な道具をしまっておくための小屋もある。

しかしこの時期はこれといった何かがあるわけではなく、使用人たちもあまり立ち入らないということだった。

そのため、小屋も使われていないが、休憩がてらに寄ってみた。

「こういうログハウスは、別荘っぽくていいね」

窓から小屋の中を軽く覗いて、アヤカが言った。

使われていないこともあってか、道具なども片付けられていて、がらんとしている。

「なんなら、屋敷より落ち着きそうだよな」

「そうかもしれないね」

元が庶民な俺たちにとっては、大きな屋敷より、こういうキャンプ施設にありそうなログハウスのほうが別荘というもののイメージに合っている。

物が少ないところも、観光地の貸しコテージっぽいしな。

そんな話をしながら、俺たちはさらに森を奥へと歩いていく。

木漏れ日が差す森の中は、こうして歩いていると気持ちがいい。

屋敷からは結構離れているが、まだまだ敷地内。

あらためて、貴族家の力を感じる。

「んー……」

歩きながら、アヤカは大きくノビをした。

小柄な彼女がぐっと背伸びする姿は、なんだか可愛らしい。

しかしそれと同時に、大きなおっぱいが揺れたので、つい意識を奪われてしまう。

小柄で幼く感じる顔立ちだからこそ、なおさら強調されて見える巨乳は、どうしても目をひいてしまうのだ。

「このくらいの涼しさだと、散歩をするのにもいいね」

「ああ、そうだな……」

俺はそんなおっぱいから目をそらしつつ、彼女に答える。

「そ、そうだ……こうやって並んで歩いているのが心地よくて、ついつい忘れてしまったが」

「うん？」

話を切り出そうとしたアヤカのほうへと目を向けると、彼女は少し赤い顔でこちらを見た。

「わ、わたしたちはあくまで、婚約者候補として一緒にお出かけをしているわけで……こうして並んで歩いているだけだと、これまでと何も変わらないじゃないか」

「そうかな……」

恋愛経験豊富というわけでない俺としては、こうして姉――家族ではなく、婚約者候補として立場のかわったアヤカと歩いているだけでも、ちょっとドキドキしてしまうのだけれども。

チアキさんはママであり婚約者――えっちな部分も含めて面倒見てくれる人になった。しかし俺の中では、これまで通りの優しいきれいなお姉さん、という感じであまり意識は変わらなかった。

それに対して、アヤカは姉から女の子へと大きく立場を変えているわけで。

俺としては現状でも、かなり違う印象なのだが。

「そ、そうだとも……だから恋人らしく、えいっ」

彼女はその小さな手で、きゅっと俺の手を握った。

「ん……」

しかもただ手をつなぐのではなく、指を絡めて恋人つなぎをしてくる。

「こ、これなら、婚約者としておかしくない、と思う」

「そ、そうか……」

珍しく積極的なアヤカに、ドキドキしてしまう。

元々、彼女はスキンシップが多いタイプではない。

だからこそ……。

そんな彼女がいきなり手をつないできたのに驚き、緊張してしまうのだった。

「んっ……」

そのまま、ふたりで歩いていく。

彼女の小さく柔らかな手と細い指を感じながら、森の中を散歩していった。

手をつないだ途端により意識してしまい、言葉少なになってしまう。

なにか言えばいいのだろうが……つないだ手に意識が向いて頭が回りにくいというのと、いざこうして恋人感が増すと、アヤカと何を話すべきかわからなくなってしまった。

そんなわけで、気恥ずかしく甘酸っぱい時間が流れていく。

すると……。

「あっ……」

「雨か」

ぽつり、と木の隙間からしずくが落ちてくる。

俺たちが空を見上げると、みるみるうちに雲が濃くなり、雨が急速に降り始めた。

「わっ……！」

「すごい勢いだ」

突然の豪雨に打たれ、俺たちはびしょ濡れになりながら小走りになる。

瞬く間に全身すっかり濡れてしまった俺たちは、さきほどの山小屋へとかけこんだ。

「す、すごい雨だね……びしょ濡れだ……」

私有地ということもあり、鍵のかかっていなかった山小屋に無事入り、アヤカが一息つくように言った。

「ああ、いきなり本降りするなんてな……」

天気予報なんてないから仕方ないのかもしれないが、雨が降るとは思ってもみなかった。

「うぅ、濡れているとさすがに寒いな……」

「濡れた服はかえって体温を奪うみたいだしな。とりあえず、火を熾《おこ》すけど」

そう言って、俺は置いてあった薪を暖炉に投げ入れ、火を熾した。

温かくはなったが、かといって濡れた服を着たままではよくない。

「服は絞って、暖炉の側《そば》で乾かすしかなさそうだね。着たままだとさすがにまずい」

「ああ、そうだな」

アヤカの言葉に俺もうなずく。

さっそく、上半身を脱いで服を絞っていった。

「わ、ハルトっ！　急にそんな……！」

恥ずかしがったアヤカだったが、そういう場合でもないだろう。

俺は努《つと》めて冷静に、アヤカも同じようにするよう話した。

「う、うむ……たしかに、そうだな……」

そう言って、俺に背を向けたアヤカも服を脱ぎ、絞っていった。

そうして互いに全裸になって服を絞り終えると、暖炉のそばに広げ、乾かしていく。

当然、下着までぐっしょりだった。

そのため、アヤカのパンツも暖炉の横に広げられることとなり……俺は思わず、それが気になってしまう。

女の子の大切な場所を守るには頼りなさそうな、小さな布。

しかも脱ぎたてということで、いろいろと想像をしてしまう。

なんとか一度は邪《よこしま》な考えを振り切ったものの……小屋には毛布が一枚しかなく、全裸の俺たちは、身を寄せ合ってそれにくるまることになったのだった。

「人肌で温め合うのがいい、というのは知ってるけれど……な、なんだか本格的に遭難したみたいになってしまったね」

「ああ……」

すぐ耳元から聞こえてくるアヤカの声と、触れ合っているなめらかな肌。

それに意識のほとんどを奪われていた俺は、半ば生返事をしてしまった。

全裸の彼女とくっついているのだ。意識するなというほうが無理だろう。

「んっ……」

パチパチと燃える薪が音を立てる。

そのままじっとしていたが、触れ合う肌の感触と、熱い吐息、そして全裸で身を寄せているというシチュエーションに、エロいものを感じないほうが無理だった。

「ハルト……？」

彼女が俺の様子にこちらを見る。

その顔がすぐそばにあり、思わず目をそらしてしまった。

しかし目線をそらした先には、彼女の大きなおっぱい。

「あっ……」

そして同じように視線をそらした彼女は、俺の胸板よりも目立つ場所……裸の彼女と触れ合い、おっぱいに気を取られて反応してしまった男根へと目を向けていた。

「そ、それっ……！　ハルトの、あっ、ご、ごめんっ……」

彼女はさっと目をそらすものの、赤い顔でちらちらと股間のほうを気にしている。

「す、すごいな、そんなに大きなモノが……」

彼女は興味津々といった様子で肉竿を見て、おずおずと続ける。

「その、それ……そんなに大きくして……大丈夫なのか？」

「い、一応……」

赤い顔で勃起竿を見てくる彼女に、どう反応したらいいのか戸惑いつつ、答える。

「その、男の子は、その状態だとすっきりしたいんだよな……」

「あ、ああ……まあ、うん……」

俺は素直に答える。

裸のアヤカと身を寄せ合っていて、ムラムラしているのは事実だ。

一度出してすっきりしたほうが、過ごしやすくはある。

「そ、そうなのか……」

彼女はペニスと俺の顔で視線を往復させながら、続ける。

「そ、それって、わ、わたしがいるから、大きくなった、んだよね……？」

「そう、だな……」

俺が答えると、彼女はぐっと小さく拳を握って、続けた。

「そ、そうか……それじゃあ、ちゃんと責任、とらないとな……」

「えっ……」

「だ、だからっ……」

彼女は真っ赤になった顔で、上目遣いに俺を見つめる。

その表情はとても可愛らしく、俺の欲望はさらにくすぐられてしまった。

「わ、わたしが、ハルトのおちんちん、気持ちよくして抜いてあげる……！」

「お、おぉ……」

俺は期待が半分、驚き半分で声をあげた。

「ふ、服はまだ乾かないし、こ、この状態は、男の子にとってつらいんでしょう……？　こ、婚約者でもあるわけだしっ……！　おかしくない、よね……？」

「そう、だな……」

俺はアヤカの提案にのることにした。

かわいい女の子が抜いてくれるというのだ。

そうしてほしいと思うのが、男なら当然のことだった。

「そ、それじゃ……」

彼女は姿勢を変え、隣から正面へと回る。

「ほら、少し足を開いてくれ」

「ああ……」

彼女は俺の足の間へと入り、その顔を肉竿へと寄せる。

「わぁ……♥　これが男の子の……ハルトのおちんちんなのか……。こんなに大きくなるものなのだな……」


そう言って、しげしげと肉棒を眺めてくる。

アヤカの整った顔が、チンポのすぐそばにある光景は、かなりエロい。

「こ、これを気持ちよくするんだな……」

彼女はおずおずといった様子で、手を伸ばしてくる。

「わっ、熱い……それに、硬いな……」

彼女の小さな手が、にぎにぎと肉竿を握ってくる。

その刺激にムラムラが湧き上がっていった。

「あ、おちんぽ、ぴくって跳ねた……んっ……」

彼女はゆるやかに手を動かしていく。

「ここ、こんなふうになるのか……すごく張り詰めていて、血管が浮き出てて……」

「うっ……」

アヤカがまじまじと、チンポを観察しながらいじってくる。

女性の手での刺激以上に、その状況がすでにエロく、俺を興奮させていった。

「熱くて硬いおちんぽ……もっと気持ちよくして、ぴゅっぴゅっしないと苦しそうだな……それなら……」

アヤカはぐっと顔を近づけると、そのまま舌を伸した。

「れろっ」

「うぁ……！」

柔らかな舌が、ぺろりと肉竿の先端を舐めてきた。

「ん、舐めるのは喜ばれると聞いたことがあるが……ハルトの反応をみるに、それは正しいみたいだな……ほら、ぺろぉっ」

「アヤカ、うっ……！」

彼女は俺の反応を見て楽しそうに舌を動かした。

「ちろっ……ぺろっ……んっ……」

彼女の舌が肉竿を舐めていき、先端を唾液まみれにしていく。

「ちろっ……先っぽを舐めて……れろっ……この、裏側のところも……ぺろろっ……んっ、ふふっ、おちんちん、跳ねてるな……♥」

「ああ……」

アヤカは裏筋やカリ裏、鈴口など先端部分をぺろぺろと舐めて愛撫していた。

敏感な部分を柔らかな舌で責められ、気持ちよさが蓄積していく。

直接的に射精を促す動きではないものの、その責めはとても気持ちよかった。

「ちろっ、れろっ、ちゅっ……♥」

アヤカがちろちろと先端を舐めてくる。

「ふふっ、気持ちよくなってくれてるみたいだね……。舐めるだけじゃなくて、さらにこうして……あーむっ♪」

「あぁ……」

彼女は口を大きく開けると、ぱくりと肉棒を咥えた。

「あむっ、じゅぶっ……ちゅぷっ……」

「うぁ……」

アヤカが肉竿の先端を咥え、軽くしゃぶってくる。

容姿に幼さを残す彼女が肉棒を咥える姿は、背徳感を呼び起こした。

「むっ……今ちょっと失礼なことを考えていないかい？　あむっ、じゅぶっ……」

「そんなこと、あぁ……」

「見ていたまえ。君のこの、ガチガチおちんぽ……わたしのお口でいっぱい気持ちよくするから……じゅぶっ、ちゅばっ♥」

彼女は顔を赤くしながらも、より積極的にしゃぶってくるのだった。

「あむっ、じゅるっ、ぱっ……」

アヤカのフェラで、どんどんと快感が高まっていく。

「じゅぷっ……ふふ、どうだい？　れろっ、ちゅっ……わたしのお口で、ん、ふぅっ……もっと気持ちよくなってる？」

「ああ……いいよ」

小さな口が肉竿を頬張り、ちゅぱちゅぱと吸いついてくる。

「こうやって、おちんぽの先を、ちゅぷっ、ちゅぽっ……。そこから、顔を動かして、んむっ、じ

ゆぷっ、ちゅぱっ！」

「う、ああ……」

唇が肉棒をしごき、快感を送り込んでくる。

裸のアヤカがチンポをしゃぶりながら動く姿は、とてもエロい。

「じゅぷっ、ちゅぱっ、ん、ちゅぽっ♥」

彼女はそのまま頭を動かし、フェラを続けていく。

「ん、あっ……先っぽから、れろぉっ♥　何か出てきたな。これが精液かな？　ちゅぅっ♥」

「うぁ……いや、それは我慢汁だ」

吸いついてくる彼女に答えると、アヤカは舌先を動かしながら続けた。

「れろろろっ……なるほど、これが。じゃあ、そろそろ本当に射精しそうなのか。ちゅぷっ、ん、ちゅぷっ♥」

「ああ……うっ……！」

彼女は大胆に唇を使いながら、肉棒を刺激してくる。

「じゅぷっ、ちゅっ、れろっ、ちゅぱっ！」

「あぁ……！」

その刺激に、俺は精液がせり上がってくるのを感じた。

「じゅぶぶっ、ちゅぱっ、れろっ、ちゅぷっ！」

「もう、出そうだ……！」

「いいよ……♥　じゅるっ、ちゅぶっ、そのまま出して……！　あむっ、じゅぶっ、ちゅっ、張りつめたおちんぽから、じゅぶっ、いっぱい……じゅるっ！」

彼女は頭ごと前後させ、肉竿をしゃぶり、舐め回す。

「精液、いっぱいぴゅっぴゅして♥　れろっ、ちゅぶっ、じゅるるっ！　わたしのお口で、きもちよくなって、じゅるっ、ちゅぶっ♥」

「う、あぁ……！」

「このまま、んむっ、吸いつきながら、じゅぶっ、ちゅばっ、いっぱい吸い込んで……じゅるっ、じゅぶぶぶっ！」

アヤカのバキュームで、俺は限界を迎える。

「じゅぶぶっ、じゅるっ、ちゅううっ♥　おちんぽ♥　ヒクヒクしてる……♥　ん、じゅぶっ、じゅぼぼっ、じゅるるるぅっ♥」

「うぁ！」

どびゅっ、びゅくっ、びゅくんっ！

最後に思いっきりバキュームされて、俺は射精した。

「んむっ。んぁっ……♥」

肉棒が跳ねながら、彼女の口内に勢いよく精を放っていく。

「んっ、んうっ……」

その勢いのよさで、彼女の口から精液があふれ出していく。

白濁液が小さな口から零れて垂れる光景は、とてもエロい。

俺は射精の気持ちよさに浸りながら、その姿を眺めていた。

「んむっ、ん、んくっ。んっ！」

彼女は白濁をこぼれさせながらも、口内の精液を飲み込んでいる。

「ふぁ……♥　これが精液か……オスの匂いがあふれて、あふっ……♥」

口元からつーっと精液を垂らしながら、うっとりと言うアヤカの表情はとても妖艶だ。

「すごいものだな……」

上気した様子のアヤカは、射精直後でなければすぐにでも襲いかかってしまいたくなるくらいにエロい。

「これで、落ち着けたかい？」

「ああ……ありがとう。とても気持ちよかったよ」

俺は心地よい倦怠感に包まれながら、そう答える。

しばらくして、俺たちは服を乾かしてから屋敷へと戻ったのだった。

●

山小屋から帰った後も、婚約者候補としての同棲生活は続いていく。

最初は気恥ずかしさもあったのだが、徐々にそれにも慣れていく。

それと同時に、アヤカとの距離は縮まっていった。

異性としてのアヤカと過ごすことにもだんだんと適応していき、そうなるとやはり、落ち着いた性格の彼女との時間は、心地いいものだった。

チアキさんにせよ妹のマフユにせよ、無邪気なスキンシップが多い。彼女たちに比べて、アヤカはそういったことを恥ずかしがるというのが、とても可愛らしい。

そんな彼女を見ていると、ついつい、からかってしまいたくなる。

ともあれ、そんなふうになごやかな日々が続いていた中、アヤカが部屋を訪れてきた。

「こうして一緒に過ごせるのも、ひとまずそろそろ終わりだね」

「ああ、そうだな……」

婚約者候補との同棲は、それぞれの相手と順番に行われていく。

最終的にどうなるかは、その後に決まることだ。

「再会できたのは嬉しかったし……」

彼女はこちらを見つめて続ける。

「その、ハルトとこういう関係で接することができたのも、よかった」

少し顔を赤くしながら言うアヤカはとても魅力的だった。

「無論、姉という関係が嫌だったわけではないが……ほら、それよりは男女のほうが、距離がつかみやすいというか……」

「まあ、いきなり家族になるよりはな」

「うん。わたしは母やマフユほど器用ではないしね」

そこに関しては、あのふたりのほうが特別という気もするけれど。

ともあれ、積極的にスキンシップをとり、無理矢理にでも他人と交流できるふたりと違い、現代でのアヤカは、距離を測りかねていたのだろう。つまりは、俺と同じだ。

「今はこうして、素直に隣にいられるのにな」

そう言いながら、アヤカは赤らんだ顔で俺を見つめる。

「それで、だ。ハルト」

恥ずかしそうに視線をそらすと、言葉を続けた。

「また離れてしまう前に、もっと婚約者らしいことをしよう、と思って……」

「婚約者らしいこと……？」

「ああ……」

再会と同時に、婚約者候補として関係をリセットした俺たち。

姉ではなく女の子として接することになり、はっきり意識してしまっている。

「こ、婚約者なら、普通のことだから……」

そう言いながら彼女は目を閉じて、こちらへと少しだけ寄ってきた。

「ああ……」

俺はそんな彼女の肩を優しく抱いて、顔を寄せる。

間近で見るアヤカの顔はやはりとても可愛らしく、心臓が高鳴る。

俺はそのまま顔を寄せ、そっとキスをした。

「んっ……」

唇を少しずつ触れ合わせる。

「ハルト、ちゅっ……♥」

俺が唇を離すと、今度はアヤカのほうからキスをしてくる。

「ん……」

唇を触れ合わせるたびに、柔らかさと温かさを感じる。

そうして、俺たちは何度もキスをした。

「ちゅ……んっ♥」

やっと唇を離すと、ベッドへと向かう。

前世では家族の中で一番控えめだった彼女の積極的な姿に、俺も滾ってしまう。

「あっ。んっ……」

俺は彼女をベッドへと寝かせると、その大きな胸へと手を伸ばす。

「あぁ……んっ……」

彼女は仰向けで俺を見上げ、身体から力を抜いていった。

そのたわわな双丘に触れると、柔らかさが手に伝わる。

「あんっ……」

薄い布一枚に覆われただけのおっぱいは、俺の指に素直に反応した。

そのままむにゅむにゅと、おっぱいを揉んでいく。

「あぁ、ハルト、んっ……」

アヤカは小さく声を出しながら、切なげな表情で俺を見つめた。

「アヤカ……」

俺はそのまま両手で、たわわな胸を存分に堪能していく。

柔らかな乳肉が指に応え、かたちを変えていった。

むにゅん、ふにゅんっとしたその極上の感触を存分に味わっていると、アヤカの反応も変わってきた。

「あぁ、ん、ハルトの手が、ん、わたしの胸……あぁ……♥」

彼女は甘い声を漏らし、小さく身体を動かす。

俺はそんなアヤカを視覚でも楽しみながら、おっぱいを揉んでいった。

「あふっ、ん、大きな手に、揉まれて、あっ……♥」

そうして巨乳を楽しんでいると、その中に硬く反応してくる部分がある。

「乳首、たってきてるな」

「ひゃうんっ♥」

そう言いながら慎ましい突起をつまむと、彼女がびくんと震えた。

「あ、そこ、んっ……」

「ほら、こんなに尖って……」

「あ、やぁ……♥　乳首、ん、そんなにくりくりされたら、あっ……！」

俺は服の隙間に手を差し入れて、直接アヤカの乳首をいじり回していった。

「あんっ、あ、んはぁっ……」

彼女は可愛らしい声を上げながら、そのつど反応してくれる。

その姿に俺の興奮も高まり、さらに乳首を責めていった。

「あんっ♥　あっ、ん、はぁ……ハルトの指、やらしい……んぁっ……♥」

「アヤカの声も、すごくえっちになってるけどな」

俺がそう言うと、彼女は顔を赤くしながら目をそらした。

「あっ、だって、んぁ、ハルトがそんなに、おっぱいとか乳首とか、触るからぁ……♥　ん、あぁ、あんっ♥」

アヤカは色っぽい声を漏らしていく。

俺は乳首をいじりつつ、その柔らかおっぱいも楽しんでいった。

「んはぁ、ああっ、だめぇっ……そんなに、あっ、いっぱい、いじられたら……わたし、ん、ああっ……ふぅっ、ん……♥」

両手で大きなおっぱいを揉みしだき、指先では乳首をいじっていく。

そうして愛撫を続けると、アヤカもどんどん感じてくれているようだった。

「あぁ……ん、はぁ、ハルトの手に、ん、おっぱい、いっぱいいじられて、あっ……♥　ん、はぁ、ふぅっ……！」

つややかな声を漏らすアヤカの姿は、とてもエロい。

小柄で幼く見えかねない容姿とは裏腹に、その姿は紛れもなく女性のものだ。

「あぁ、ん、はぁっ……ハルト、だめぇっ……。わたし、んはぁ……」

すっかりとエロい姿で身もだえる彼女。

俺は手を下へと滑らせていった。

「あっ、ん、はぁっ……」

大きな胸から、くびれた腰へ。

そしてそのまま、さらに下へと……。

スカートの中に手を忍ばせ、内腿をなで上げていく。

「あっ、ん、くすぐったい、あんっ……」

彼女はスカートを軽く押さえるようにするが、俺の手を強く拒むことはせず、そのまま足の付け根へと向かっていく。

「あんっ……♥」

そしてそのまま、彼女の下着へと触れた。

下着越しに、隠れた割れ目を擦り上げる。

「あぁ……♥　んっ……」

アヤカは恥ずかしそうに顔を赤くし、きゅっと足を閉じる。

しかし俺は、その割れ目を指先でいじっていった。

「あぁ……ん、はぁっ、あうっ……♥」

「アヤカのここ、もう濡れてるな」

彼女の割れ目は蜜をこぼしており、下着越しでもわかるほどだった。

「んんっ、ハルトが、おっぱいとか触るから、あっ……♥」

可愛らしく言うアヤカの割れ目を指先でいじっていく。

「んはぁっ、ああっ……」

「あとはこっちも……」

俺は下着の中に手を忍ばせると、濡れた割れ目を直接なで上げて、軽く押し広げる。

「あぁっ♥ ん、ハルト、んぁっ……」

恥ずかしさと気持ちよさで顔を赤くしているアヤカが、身体を揺するように動かした。

俺はそんな彼女の割れ目の頂点、最も敏感な部分に触れる。

「んはぁっ♥」

クリトリスに触れると、彼女が大きく反応した。

「あっ♥ ハルト、そこは、ん、はぁっ……」

俺は優しく、その淫芽をいじっていった。

「あぁっ！　だめぇっ……♥　そこ、敏感だからぁ……♥」

クリトリスに触れた途端、これまで以上の反応を見せてくれるアヤカ。

俺はその敏感な突起を、愛液まみれの指で刺激していった。

「んはぁっ……あっ、ああっ、だめ、ん、ああっ♥」

自分の愛撫で彼女が感じて、エロくなっていく姿はとても滾るものだ。

「あっ、ん、はぁっ、だめ、わたし、あっ、ん、くぅっ……♥」

敏感な淫芽をいじられて、アヤカの反応も高まっていく。

「ああっ♥　もう、そんなにされたらぁっ、イっちゃう、からぁっ……♥　ん、はぁ、あっ、ん、あ
あっ……！」

「いいぞ、イっても、ほら……」

指先でクリトリスを擦り、時折軽く押してみる。

「んはぁっ！　あ、あぁっ……ダメ、いくっ……♥　ん、はぁっ、あっ、んぁっ！」

感じているアヤカのエロい姿をもっと見たくて、愛撫を続けていった。

「あっあっ♥　もう、だめっ……ん、はぁっ、イクッ、ハルトに、んぁ、クリトリスいじられて、あ
っ、んはぁ、ああっ！」

「ほら、イって……」

「んはぁっ♥　あっ、んぁ、すごいのぉっ、あっ、気持ちよくて、あっあっ♥　ん、イクイクッ！

イクウゥウゥウゥッ！」

大きく身体を跳ねさせながら、アヤカがイったようだ。

「あっ、んはぁっ……♥」

愛液があふれ、俺の指をさらにふやかしていく。

「あっ……ん、ふぅっ……」

俺はそんな彼女のアソコから手を抜くと、絶頂して大きく息をしているアヤカを見つめた。

「はぁ……はぁ……♥　あぁ……」

とろけた顔をさらしている彼女は、とてもエロくていいものだ。

「あぅ……イカされてしまった……」

彼女はそう言うと身を起こし、今度は反対に、俺をベッドへと押し倒した。

「されっぱなしというのもあれだからね……。次はわたしが、ハルトを気持ちよくしてあげる……んっ……」

彼女は俺に跨がると、その小さな手を股間へと持っていく。

「あっ……♥　ハルトのここも、もう興奮してガチガチじゃないか♥　ほら、こんなに硬くなってる……♥」

「うっ……」

彼女の華奢な手がズボン越しに肉竿を握り、いじってくる。

「そりゃ、あんなエロいアヤカを見せられたら興奮もするさ」

「ふふっ、そうなのか♥」

楽しそうに言うと、彼女は俺のズボンへと手をかける。

そしてそのまま、下着ごとズボンを脱がせてきた。

「わっ、すごい勢いで、おちんぽがぶるんって出てきたな♥」

完全勃起状態の肉棒が、勢いよく飛び出す。

アヤカはその剛直にも怯《おび》えることなく、きゅっと握った。

「あぁ……。すごく熱いな。こんなにガチガチにして……♥」

彼女は勃起竿をかるくいじり、俺を見てきた。

「この前はお口だったけど、今日は……」

そう言って腰を上げ、自ら下着をずらしていく。

「あぁ……ハルトにいじられてすっかりとろとろになってしまった、わたしのここ……おまんこで気持ちよくしてあげる♪」

アヤカは俺の肉竿をきゅっと掴むと、腰を下ろしながら膣口へと導いていく。

「ん、はぁっ……♥」

亀頭の先端が、彼女の柔らかな膣口に触れた。

「ハルトの硬いのがあたって、んっ……」

くちゅりと愛液が音を立てる。

アヤカはそのまま、ゆっくりと腰を下ろしていった。

「ん、はぁ……あぁ……んんっ！」

体重を乗せるまま、肉竿が膣内へと導かれていく。

まだ何者も受け入れたことのない、純朴な膣内。

入り口で抵抗を受けたものの、彼女はぐっと力を込めて腰を下ろす。

「あぁ……おちんぽ、入ってきてる……んっ！」

熱くうねる膣襞をかき分けながら、肉棒が処女の秘穴に入っていく。

「あう、すごい、大きいのが、あぁ……♥」

そのまま腰を下ろしきり、アヤカが俺の上にぺたんと座る。

騎乗位のかたちでつながり、俺は彼女を見上げた。

「あぁ……んっ……」

アヤカは初めての異性を受け入れ、そのまま腰を止めている。

しかしその状態でも、十分に気持ちがよかった。

狭い膣内は、肉棒をきつく締めつけてくる。

「ハルト、んんっ……！　大きいので、わたしの中が、ん、押し広げられて……はぁ……ふぅ、んっ……あぁ……」

しっかりと肉棒を咥えこんだ膣襞が震え、刺激を与えてくる。

「ん、はぁっ、あぁ……そろそろ、ん、ふぅ……」

アヤカがゆっくりと腰を動かし始める。

「あぁ……」

おまんこがずりゅっと動いて、肉棒をメスの本能でしごいていく。

「ん、ふぅっ……はぁ……こうして、ん、ふぅっ」

「うぁ……」

動き始めると刺激はさらに強くなり、強い快感に包み込まれた。

「はぁ、ん、ふぅっ……あんっ♥」

うねる膣襞に擦りあげられて、どんどん追い詰められていく。

「あぁ……♥　ん、ふぅっ……どうだい、ハルト」

「アヤカ、うっ……」

「ふふっ、気持ちよさそうだな、いい表情だ……♥　ん、はぁっ……！」

アヤカは俺の上で、楽しそうに腰を動かしていく。

「ん、ふぅっ、あぁ……♥」

膣襞が肉竿をしごきあげながら、彼女自身の快感を伝えてきた。

「あっ♥　ん、ふぅっ……おちんぽ、わたしの奥まで、ん、はぁ……♥　ハルト、あぁ、ん、くぅっ……！」

アヤカは俺の反応を見ながら、艶めかしく腰を振る。自分だってまだキツいだろうに、俺を感じさせてくれている。

「あぁ……♥　ん、はぁ、ふぅっ……」

俺は初めての快感に悶えるアヤカを、じっくりと見つめた。

服は乱れ、その胸もぽろんとはみ出している。

大きなおっぱいが、腰振りに合わせて弾んでいった。

「ん、はぁっ、ああっ……んぅっ……♥」

扇情的に揺れるおっぱいを眺めながら、俺は奉仕される快楽に浸っていく。

蠕動する処女の膣襞にしごきあげられていると、すぐにでも限界が近づいてくるようだ。

「あぁ、ん、ハルトのおちんぽ♥　わたしのなかで、んっ、膨らんで、ああっ……！　このまま、いっぱい気持ちよくなって……」

「ああ……いいよ、すごく！」

「ふふっ、わたしのおまんこで、あっ♥　ん、おちんぽ♥　感じてるんだ……」

彼女は嬉しそうに笑みを浮かべながら、腰を振っていく。

その表情は可愛らしくもとてもエロく、俺の興奮を煽っていった。

「んひゃぁっ、あっ、ああっ……♥　すご、ん、おちんぽでズブズブ突かれるの、あっあっ♥　ん、はぁっ……！」

「アヤカ、う、あぁ……」

俺はそんな彼女の細い腰をつかんだ。

「は、ハルト？　ん、あぁぁっ♥」

そして今度はこちらからも、腰を突き上げていく。

「んはぁっ♥　あっ、ん、ふぅっ、そんなに、奥まで、ああっ♥　おちんぽ突いちゃだめぇっ！　んはぁっ！」

狭い膣内をかき回すように腰を突き上げる。

彼女も激しく感じ、乱れている。だが俺を見下ろすと、妖艶な笑みを浮かべた。

「わたしも、ん、あぁっ♥　こしをふって、おちんぽを、えいっ♥」

「うぉ……！」

彼女は腰を動かすのと同時に、きゅっと膣内を締めてくる。

その刺激のリンクで、もう限界が近い。

「あふっ、ん、はぁっ、ああっ♥」

彼女のほうも声をあげて乱れていく。

「あぁ、もう、んぁ、イっちゃう♥　このまま、あっあっ♥　ん、はぁっ、ハルト、ん、ふぅっ、あっ！」

アヤカは激しく腰を振り、ラストスパートをかけてきた。

「あ、んはぁっ♥　もう、イクッ！　あぁ、ん、はぁっ、ハルトっ、ああ、んはぁっ♥　あふっ、ん、くぅっ！」

「う、アヤカ……！」

互いに腰を振り、激しく交わっていく。

「んはぁっ♥　あ、ん、くぅっ！　あぁっ、あっあっ♥　イクッ、んぁ、ああっ！」

「ぐ……こっちも、もう出そうだ……！」

「いいよ、んぁ、ああっ、きてっ……♥　わたしの中に、あっ、ん、はぁっ！　ハルトの子種汁、出してぇっ……！」

「う、ああ……！」

アヤカのえっちなおねだりに、俺は限界を越えた。

大きく腰を突き出し、その蜜壺を思いきりかき回す。

「んはぁぁあっ！　あっ、ああ♥　イクッ！　んぁ、すごいのぉ、いっぱい、おまんこ突かれて、イク！　んぁ、イックウウゥゥウッ！」

どびゅっ、びゅるるるるるるっ！

アヤカが絶頂したのに合わせて、俺もその膣内で射精した。

「んあぁぁあっ♥　熱いの、あっ♥　びゅーびゅー出てるっ……♥　わたしの中、んぁ、あぁ……あふぅっ♥」

ぎゅっと収縮した膣襞に肉棒を締めあげられ、精液が搾り取られていく。

「濃いの、んぁ、勢いよく出て、わたしの中で暴れてる……♥」

「あぁ……」

吸い出されるような気持ちよさに、俺はぐったりと力を抜いて精液を吐き出していった。

「あっ……ん、はぁ……♥」

そしてアヤカも絶頂の余韻に浸りながら、俺の上で力を抜いていく。

それでもまだ、おまんこのほうは肉棒に吸いつき、刺激してくるのだった。

「あふっ、ん、あぁ……♥」

ひと心地つくと、アヤカは腰をあげて肉棒を引き抜いていった。

「ハルト……」

そしてそのまま、こちらへと抱きついてくる。

俺はそんな彼女を抱き留めた。

「すごく、気持ちよかった……ハルト♥」

「ああ、俺もだ」

「んっ……ちゅ」

そして唇が触れるだけのキスをして、しばらく行為の余韻に浸っていくのだった。

●

アヤカと身体を重ねてから、より距離が近くなっていた。

あらたに関係を作り直した俺たちだったが、すっかりと婚約者らしい時間を過ごせるようになっていた。

姉だったことを、忘れたわけではないけれど……。

元々、アヤカは母であるチアキさんや妹のマフユに比べると、スキンシップなどが控えめ……というかほとんどなかった。

面倒を見てくれるのが好きなチアキさんや、仲良し家族になろうと積極的に交流を持ってきたマフユとは違い、ぐいぐいと来ること自体がなかったのだ。

それは、思春期で距離を測りかねていた俺にとっては、ありがたいものであった。

よく言えば適切な距離。家族といえど、血のつながらない年頃の男女同士の割り切った関係というのに、近いだろう。

それでいて俺が困ったときには、近すぎない距離で、まるで先輩のように面倒は見てくれる――そんな存在だった。

だからこそ、こうして婚約者としてやっていくとなっても、抵抗なく暮らすことができている。

もちろん、きれいな女性とそういう関係になる、ということ自体への甘やかな戸惑いなどはあった。まるで、ほんとうの恋愛のように。そこがチアキさんのときと違う。

家族から婚約者へというよりは、憧れの先輩と恋人になれた……とか、そういう感覚に近いものだった。

これまではスキンシップが控えめだったそんなアヤカも、身体で繋がったことで、少しずつそういったことも増えてきた。

家族としての無自覚なものではない、恋人としてのスキンシップだ。

は身体的接触のドキドキに加えて、精神的なときめきも生まれ、より刺激が強力になっている。

と、そんなこんなで甘酸っぱくも興奮しっぱなしな日々を過ごしていた、ある日。

俺は、普通に風呂に入っていた。

当然、電気のないこちらの世界では、お風呂を沸かすというのも一苦労であり、普通なら面倒な仕事なのだが……。

そこは貴族ということもあり、使用人が沸かしてくれた湯に入るだけなので、現代とそう変わらない入浴スタイルで、楽に過ごすことができていた。

やはり、お風呂はいいものだ。

貴族として育ったお陰で、疲れるようなことはほとんどないのだが、それでもお風呂に入ってノンビリすると、癒やされる感じがする。

そんなことを考えながら髪を洗っていると、脱衣所のあたりに気配があった。

とはいえ、誰かが仕事をしてくれているのだろう、と思っただけだ。

転生してきた直後などは、使用人たちに裸を見られると少し落ち着かない感じもあったが、今ではそんなこともない。着替えなども手伝ってもらっている。

気にせず髪を洗い流していると、いきなり風呂場の戸が開いた。

さすがにこれは普段と違うなと目を向け、俺は思わず固まってしまった。

「アヤカ……」

「わっ、急に振り向かないでくれ……。ちょっと、恥ずかしい……」

そこにいたのは、小さなタオルで申し訳程度に前を隠しただけの、ほぼ裸のアヤカだった。

胸元のあたりでタオルを押さえているが、大きな胸により膨らんでしまうそれは、もっとも大切な女の子の秘めたる場所を、とても危うげにかろうじて隠しているだけだった。

彼女が足を動かすたびに、ひらりとタオルが揺れて、見えそうになってしまう。

そんなあぶない格好で、こちらへと近づいてくるアヤカ。

その姿だけでもかなりエロいが、恥じらいが残っているというのが、余計にくすぐってくる。

「その、背中を流そうと思って……」

そう言った彼女は、そのまま俺のすぐ側まで来るのだった。

「そ、そうか……」

俺は少しの混乱と、魅力的なアヤカの姿に気を取られて、ぼんやりとした返事をしてしまう。

「あ、あまりじっくり見られると、わたしもすごい恥ずかしいんだけど……」

照れながら、もじもじとするアヤカ。

そうして身体を動かすたびに、小さなタオルがきわどく揺れて、かえってまずい状態になってしまう。

エロくも初々しい反応に、より興奮が煽られた。

「こ、こういうことも、婚約者らしいと思って、ね」

「た、たしかにそうかもな……」

エロ全開で来られるのとは違い、彼女の恥ずかしさがこちらへも伝染するかのようだった。

それでいて、ほぼ裸で風呂に入ってくるあたり、彼女だってまったくエロさを意識していないということはあり得ないわけで。

「そ、それじゃ、洗っていくから……」

彼女は石鹸を泡立てると、泡だらけの手で俺の肩を擦り始めた。

石鹸でぬるぬるのしなやかな手が、俺の身体をなでるように洗っていく。

その手はとても気持ちがいい。

「ん、ハルトの肩幅、やっぱり広いんだな……男の子って感じがする」

そう言いながら、楽しげに洗ってくるアヤカ。

彼女のなでるような手つきは、洗うというには心許ないのかもしれないが、心地いいのはたしかだった。

「ん、しょっ……腕もがっしりとしていて……」

彼女はその小さな手で、俺の腕を少しずつ洗っていく。

なんだかくすぐったいような気持ちよさだ。

そうしている内に、アヤカは指先を絡めるようにしてきた。

どうやら、俺の手を洗っている、ということみたいだ。

しかしこれは身体も心も、なんだかこそばゆい。

しばらくして洗い終えた彼女が、一呼吸置く。すると。

「そ、それじゃあ、次は背中だね……んっ……」

そしてまた、後ろで泡立てるような音が聞こえてくる。

程なくして、むにゅんっ、ぬにゅるん♥　と柔らかな感触が背中に当てられた。

「ん、これ……思ったより、んぁ……ふぅっ……」

アヤカの艶めかしい声が聞こえてくる。

振り向かなくても、いま背中に押し当てられているのが、おっぱいだというのは充分にわかった。

柔らかな魅惑の感触だ。

「ん、ふぅっ、ハルト……どう？」

「ああ、すごくいいな……」

アヤカは後ろからおっぱいを押し当てて、小さく動いていく。

洗うというよりもおっぱいを押し当てて、こすりつけているだけではあったが、男としてはものすごく恵まれた夢の状態だ。

「これ、さきっぽ……こすれて、んっ……♥」

ぬるぬると泡まみれのおっぱいが、俺の背中で柔らかく動いていく。

「ふぅっ……ん、しょっ……あぅっ……」

おっぱいの心地よい感触と、後ろで漏《も》れるアヤカの吐息。

風呂場ということもあって、そのかすかな声が室内に響いているのがたまらなくエロかった。

「これ、すっごく恥ずかしい……♥　ん、はぁ、あぅっ……」

いきなり裸で現れ、柔らかおっぱいを押しつけてくる……確かに、かなり恥ずかしい状態だろう。

しかも、それがクールなアヤカだというのが、余計に背徳的なエロさを持っている。

日頃は落ち着いた女性の、大胆な行動。

「あぁ……ハルト、ん、ふぅっ……」

彼女は背中におっぱいを押しつけて、ぬるぬると動いている。

その柔らかな双丘の頂点に、しこりのようなモノを感じ始めた。

「アヤカ……」

「ん、どうしたの……？」

彼女はいつもより色っぽい声で、尋ねてくる。

「乳首、たってるな……」

「ひぅっ！　そ、そんなの、んっ……」

驚いた声を出しながらも、否定はしなかった。

乳首がたってこすれているのは、自分でもわかっているからだろう。

「だ、だってこんなの、えっち過ぎて……♥」

「アヤカからやってきてるのに……」

だが、そんなところも可愛らしい。

いつもは真面目な子が、えっちのときに大胆になるというギャップは、男なら嬉しいものだろう。

もちろん、常にエロエロでも、それはそれで嬉しいが。

なんにせよ、恥ずかしがりながらおっぱいを押しつけてくる今のアヤカは、かわいくもエロいということだ。そんな彼女の美乳奉仕を受けていれば、当然興奮してしまう。

「んぁ、ふぅっ、ハルトの背中、大きくて、ん、はぁ……♥」

たわわな果実とともに乳首をこすりつけながら、アヤカが感じている。

「あふっ、ん、あぁ……ハルト……んっ……」

彼女は少し、こちらへと身体を預けるようにした。

するとより密着し、むにゅっとおっぱいが俺の背中でかたちを変える。

「ふつぅ、ん、はぁ……♥」

密着したことで、すぐ耳元でアヤカの艶めかしい吐息が聞こえてくる。

「ん、ふぅっ……ハルト、ん、あぁ……」

彼女のは再び動き出し、おっぱいをこすりつけてくる。

その気持ちよさに、下半身でも欲望がふつふつと湧き上がっていった。

「そろそろ、ん、前も洗わないとね……ほら、ハルトのここも、もうこんなに逞《たくま》しくなっちゃってる……♥」

「うっ……」

密着した彼女は、俺の股間をのぞき込むようにする。

そして石鹸でぬるぬるの指で、肉棒をつかんできた。

「あぁ、すごく熱い……♥」

小さな手が肉棒を握り、ゆっくりと動かしてくる。

「硬いおちんぽ♥　こんなに張り詰めて……わたしにおっぱい押しつけられて、興奮してくれたんだ……♥」

言いながら、手を動かすアヤカ。

「こんなにぬるぬるだと、余計にえっちだね……♥」

小さな手が肉竿をしごいてくる。

これまでおっぱいの気持ちよさはありつつも、肉棒への直接的な刺激はなかった。

そこに急に愛撫がきて、ため込んだ分の欲望がすぐにでも爆発してしまいそうだった。

「ぬるぬるおちんちん、しっかり洗わないとね♥　しーこ、しーこ……」

「うっ、アヤカ、それ……」

彼女の石鹸手コキで、すぐにでも上り詰めそうになる。

ぬるぬるの泡によって普段とは違う気持ちよさがあるのと、風呂場といういつもと違う空間が、気持ちよさを増幅させていた。

「あぁ……♥　すごい……ぬるぬる、しこしこ……♥」

彼女の手でどんどんと気持ちよくなっていく。

「カリのうらっかわも、しっかりあらわないとね……えいっ」

「あぁ……！」

敏感なところをくすぐるように責められて、思わず声が漏れてしまう。

「おちんぽ、ぴくって跳ねた♥　ここがいいんだ？　えいえいっ」

「アヤカ、う、あぁ……」

彼女は裏筋あたりを責め、俺を追い詰めていく。

「おちんぽの先から、石鹸じゃないぬるぬるが出てきてる……♥」

そう言った彼女は、一度肉竿から手を離した。

「ハルト……おちんぽも、こっちで洗ってあげる♪」

そう言って、アヤカは大きなおっぱいを持ち上げてアピールするように見せてきた。

「おぉ……」

その光景に、思わず見入ってしまう。

「ぬるぬるのおっぱいで、んっ……ぬるぬるおちんぽをいっぱい洗って、気持ちよくしてあげる……ほらぁ♥」

「うぉ……」

むにゅんっ♥　と、柔らかでボリューム感ある双丘が、肉竿を包み込んだ。

「あんっ♥　ぬるぬるすぎて、おちんちんにげちゃう……♥」

「アヤカ、う、それ……」

彼女は肉棒をおっぱいでホールドしようと、乳圧をかけてくる。

しかい互いにぬるぬるのため、肉竿がにゅるんっと逃げるのだった。

アヤカはそんなペニスを追うように、おっぱいで追っている。

その動きで不規則にしごかれるのは、とても気持ちがいい。

予想不能だからこそ、不意打ち気味に射精を煽ってくるかのようだ。

「あん、もう、逃げちゃダメ。むぎゅー♪」

「おぉ……」

ついに左右から乳房がしっかりと肉竿を捉え、押しつぶしてきた。

柔らかな圧迫はとても心地がいい。

「ん、しょっ……あふっ……このまま、おっぱいでしっかりと洗っていくよ……。おちんぽ逃げないように、ん、しょっ……♥」

「う、それ……」

「気持ちいい？」

「ああ、最高だ」

俺が答えると、彼女は妖艶な笑みを浮かべた。

「よかった。それならもっと、ごしごしー♥」

「おぉ……」

巨乳を弾ませるようにして、肉棒をしごいてくる。

「ん、しょっ、えいっ……♥　おちんぽを、しっかりと、ん、はぁっ♥」

ぬるぬるのパイズリで、どんどん肉棒を擦りあげていく。

柔らかな乳肉がしっかりと肉棒をホールドしながら、奉仕を繰り返した。

石鹸でぬるぬるなため、普通のパイズリよりもかなり滑りが良く、刺激が大きい。

「えいっ……ん、しょっ……♥　熱いおちんぽ♥　ん、はぁ、んぅっ！」

そしてだんだんと速度が上がり、柔らかおっぱいに肉棒がしごきあげられていく。

「うぁ、アヤカ、そんなにされると……」

先ほどの手コキもあり、すぐにでも果てそうだった。

「あんっ♥　精液、出そうなの？　いいよ……そのまま、ん、おっぱいで出して……♥　おちんぽの中まで、すっきりさせてあげる♥」

「あぁ……」

彼女はパイズリの速度を上げて、そのまま肉竿を導いていく。

「ん、しょっ……ガチガチおちんぽ、あっ♥　おっぱいでむにゅむにゅ洗われて、んっ、いっぱい、射精しちゃえ……♥」

「あぁ……！」

「はぁ、ん、ふぅっ、ぱふぱふっ、しゅこしゅこっ♥　むにゅむにゅっ、たぷたぷっ、ぽよぽよっ、むぎゅー♥」

「ああ、出る！」

最後にむぎゅっと圧迫しながら強くしごかれ、俺はそのまま盛大に射精した。

「あんっ♥　白いの、すごい勢い……♥」

おっぱいに圧力をかけられて勢いよく飛び出した精液が吹き上がり、顔と胸にかかっていく。

「あんっ、すごい……♥　どろどろの精液が、んっ……」

アヤカはそれを受け止めると、うっとりとした表情になった。

「こんなにいっぱい、ん、ふぅっ……」

精液を浴びたまま恍惚としているアヤカの姿は、とてもエロくて背徳的だ。

「あふっ、いっぱい出たね……」

「ああ……」

俺は気持ちよさの余韻に浸りながら、そんな彼女を眺めた。

「ね、ハルト……」

彼女は少しもじもじとしながら、上目遣いに俺を見た。

その可愛らしさに、思わずときめいてしまう。

「次は、わたしのここで、おちんぽを洗わない……？」

そう言って立ちあがった彼女は、俺の前におまんこを差し出してくる。

きれいな割れ目が、お湯ではない液体で濡れていた。

「んっ……♥」

彼女は俺に見えるように、そこをくぱぁと広げる。ピンク色の内側が、チンポを求めてひくついていた。そんなエロいおねだりをされたら、我慢できるはずがない。

「あんっ♥」

俺は彼女を後ろ向きにして抱き寄せると、自分の上に座らせるようにした。

「ハルト、ん、あぁ……」

そして位置を調節していく。少し腰を上げた彼女の、その膣口に肉竿をあてがった。

「あっ、硬いの、当たってる……♥」

「ああ、このままいくぞ」

「うんっ……♥　んぁ……！」

アヤカも受け入れてくれて、そのまま腰を下ろしていく。

ぬぷり、と蜜壺に肉棒が飲み込まれていった。

背面座位のかたちでつながり、彼女がちょこんと俺の膝に腰を下ろす。

「あぁ……大きなおちんぽ、わたしの中を、いっぱい、んっ……♥」

小柄な彼女は、膣道もその分だけ狭く短い。

まるでまだ男を受け入れる準備のできていない、未発達な少女のような狭さだ。

「あふっ♥　ん、はぁ……」

「うぉ……」

しかし、それは大きさだけの話。

実態は違う。

彼女のおまんこはもうしっかりと孕み頃の女のモノで、肉棒に吸いついてくる。

「あふっ、ん、はぁ……♥」

膣襞が淫らに絡みつき、肉棒に子種をねだってきていた。

「ハルト、ん、はぁ……ん、しょっ……」

アヤカはその細い腰をゆっくりと動かし始める。

「あふっ、ん、はあっ……♥」

小さなお尻が上下し、そのたびに膣襞が肉竿を擦りあげていった。

「あふっ、ん、はぁ……ハルト、ん、ふぅっ、あぁっ……！」

彼女は腰を動かしながら、嬌声をあげていく。

「んくっ、あぁっ、おちんぽ、すごいっ♥　あふっ、あんっ、んはぁっ！」

浴室内に、彼女の喘ぎ声が響いていく。

大きく反響するそれは、普段以上にエロい。

「あんっ♥　あっ、ん、はぁっ、あぅっ……」

「アヤカの声、すっごく響いていてエロいな」

「んはぁっ♥　あっ、だめぇっ……そ、そんなこと言われたら、恥ずかしくて、あんっ、ん、はぁっ、あぁっ♥」

彼女は恥じらいながらも、さらに声を出していく。

羞恥とともに感じていく姿は、嗜虐心をそそる光景だった。

俺はますます興奮し、後ろから彼女の胸へと手を伸ばした。

「あっ、ん、ハルト、んはぁっ……♥」

「さっきはこのおっぱいに、たくさん気持ちよくしてもらったからな。お返しだ」

「ひうんっ♥」

むにゅりと両手でおっぱいを揉みしだくと、アヤカがあられもない声を出した。

「あっ、ん、はぁ、だめぇっ……♥　それ、ん、ふぅっ……！」

彼女は腰を動かしながら、身体を左右に動かしていく。

それが横方向の刺激として、肉棒を気持ちよくしていった。

「あぁっ♥　おまんこ気持ちよくされながら、おっぱいまで触られたら、わたし、ん、はぁっ、すぐにイっちゃうっ……♥」

アヤカは気持ちよさそうな声を出しながら、腰の動きを速くしていった。

俺はそんな彼女の胸を揉み、その頂点でとがる乳首をつまんだ。

「ひうぅっ♥　あっ、そこ、ん、はぁっ、乳首、だめぇぇっ……♥　あっあっ♥　わたし、ん、ふぅっ、気持ちよすぎて、あぁっ！」

嬌声をあげながら、腰を前後させていく。

それはもっと犯してほしいと、ねだっているかのようだった。

俺はそんな彼女の乳首を責めながら、腰を突き上げていく。

「あぁぁっ♥　あっ、もう、イクッ！　おまんこ、いっぱい突かれて、乳首くりくりされて、イクウッ！」

快感に乱れ、その喘ぎ声を浴室に響かせていく。

すっかりとエロエロになったアヤカの姿に、俺の欲望も膨らんでいった。

その昂ぶりのまま、蜜壺をかき回していく。

「んはぁっ！　あっ、ん、くぅっ！　もう、だめっ、イクッ！　あっあっ♥　気持ちよすぎて、飛んじゃうっ♥」

「しっかり支えてるかな。ほら」

俺は彼女をぐっと、自分のほうへと引き寄せる。

「んはぁぁぁっ！」

押し込まれた肉棒が膣奥へと届き、アヤカの身体が跳ねる。

「あ、奥ぅっ……♥　わたしの、赤ちゃんのお部屋まで、ハルトのおちんぽ、届いてるぅっ♥」

「このままいくぞ」

俺はラストスパートで腰を振っていく。

「ひゃうっ♥　あっ、ん、はぁっ、すごいのぉっ♥　あっ、きちゃうっ！　あっあっ♥　気持ちよすぎて、んはぁ、ああっ！」

「う、あぁ……」

彼女が乱れて嬌声をあげるのに合わせ、膣襞もきゅうきゅうと肉棒を締めつけてくる。

その気持ちよさに、俺の腰も勢いをます一方だ。

「あふっ、ん、はぁっ、ああっ♥　おまんこイクッ！　あっあっ♥　もう、イクッ、イクイクッ！　んくぅぅぅぅぅっ♥」

身体を大きくのけぞらせて、アヤカが絶頂を迎える。

膣襞がこれまで以上にうねり、肉棒を締めつけた。

絶頂するおまんこの淫らなおねだりに応えるように、俺も射精する。

どびゅっ、びゅるるるるるっ！

「んはぁぁぁぁっ♥」

イキっぱなしのおまんこに中出しを受けて、アヤカがさらに連続イキした。

「んはぁっ、ああっ♥　ハルトの、せーえき、んっ……♥　わたしのなかに、勢いよく、びゅくびゅくって出てる……♥」

膣奥でしっかりと精液を受け止めて、アヤカが恍惚の声を漏らしていった。

「あふっ……ん、はぁ……」

俺をしっかりと咥える健気なおまんこに、最後まで出し切っていった。

「あふっ……すごすぎ……ん、はぁ……♥」

アヤカは気持ちよさそうに言うと、しばらく余韻に浸っていた。

「ハルト……ん、ふぅっ……」

背を預けてくる彼女を、そのまま後ろから抱きしめる。

「んっ……♥」

甘えるようにして、力を抜いていくアヤカ。

こうして改めて抱きしめてみると、やはりとても小柄だ。

激しい行為には適さないのでは、と心配になってしまうほどに。

しかしその身体は、立派な女性のもの。

おまんこもしっかりと肉棒に吸いつき、精液をまだまだねだってくる。

そんなギャップに、愛しさと欲情が湧き上がってくる。

ひと心地ついた俺たちは、あらためてちゃんと身体を洗った。

そして湯船に入り、ふたりでしっかりと温まったのだった。

第三章　元気系妹婚約者

アヤカとの同棲生活も終わり、いよいよ次は最後の婚約者候補との生活だ。

最後の婚約者候補はマフユ・ジマー。

子爵家の娘で、比較的自由に育ったこともあり、いわゆる貴族らしさには欠けるものの、明るく評判のいい娘さんだということだ。

というのが前情報だが、まあ……マフユか。

流れを考えれば、おそらく……。

そんな俺の予想をあっさりと肯定しながら、彼女は現れた。

「お兄ちゃんお兄ちゃんお兄ちゃん！　ひさしぶり！」

顔を合わせるなり全力ダッシュでこちらへとかけより、そのまま飛び込んでくる。

「うぉ……」

そんな彼女を抱きとめる。

それなりの勢いがあったものの、痛くはない。

というのも、彼女に標準装備されている柔らかなものがクッションになるからだ。

むにゅんっと俺の胸板に当たる、幸せな感触。

その勢いに押されていると、彼女は抱きついたままこちらを見上げてきた。

「お兄ちゃん、本当にお兄ちゃんだ……」

そう言って、スリスリと胸板に顔をこすりつけてくる。

猫みたいなその仕草も可愛らしい。

かつてならそれだけで、気恥ずかしくてどうしていいかわからなくなっていたが、今は少し余裕もできて、そんなマフユを素直にかわいく感じることができる。

俺は優しく、彼女の頭をなでた。

「んっ……」

マフユは気持ちよさそうに、なでられるがままになっている。

そんな相変わらずといえば相変わらずのマフユには、少し安心できた。

「んっ」

しばらくすると、彼女はようやく俺から離れる。

「お兄ちゃん、あらためてよろしくね！」

「ああ、こちらこそ」

俺がうなずくと、彼女は笑顔で続けた。

「今度は婚約者だから、いっぱい、いちゃいちゃしようね♪」

先程までは安心すると感じたが……やっぱり、そうはいかないかもしれないな。

可愛らしく笑みを浮かべるマフユを見て、そう思ったのだった。

●

「お兄ちゃん、朝だよ。ほらほら起きてっ！」

かわいい声音とともに、意識が覚醒する。

「んぅ……」

それと同時に、お腹のあたりに重さがかかった。

「おはよ、お兄ちゃん♪」

「ああ……おはよう……」

目を向けると、マフユが俺のお腹に乗っかっていた。

どうやら上に乗りながら起こしてきたらしい。

「なんだか、ちょっと懐かしいな」

「そうかも」

前世で幼かったマフユと出会った頃は、えらく懐かれて、こうして起こされていたような気がする。だんだんと年齢を重ねるにつれ、さすがにどうかという状況になると、俺が部屋に鍵をかけてしまったので、こういうことはなくなったのだが。

しかし……。こうしてマフユに朝から起こされるのは、心地いいような気恥ずかしいような、なんだかふわふわした感じになる。

頭自体が起ききっていないせいも、あるのかもしれないな。

「とりあえず、起きるか」

「うんっ♪」

「マフユは朝から元気だな……」

俺はどちらかというと朝は弱いほうなので、出だしからハイテンションのマフユは少しまぶしい。

「だって、お兄ちゃんと一緒に暮らせるからね♪」

「そうか……」

まっすぐに言われ、また少し気恥ずかしくなる。

「えへへー♪　しかも今は婚約者だから、前よりも遠慮なくくっつけるしね♪」

「あ、ああ……」

「可愛い妹婚約者と、楽しくただれた生活を送っていこうね♪」

ただれたって……。意味はわかっているのだろうか。

そんなことを考えつつ、マフユに起こされて騒がしい一日が始まるのだった。

俺たちはそのまま朝食へと向かう。

「お兄ちゃんといられるのはいいけど、ご飯はやっぱり四人がいいね」

「そうだな……うん」

メイドさんに用意してもらった食事を食べながら、そんな話をする。

「こっちに来てから、全然お料理してないや……」

「今はお互いに貴族だしな」

「うん……それに、教えてくれる人もいないしね」

現代にいた頃は、チアキさんに料理を習っていたマフユ。

しかしこちらでは、貴族のお嬢様ということもあり、自分が厨房に立つ機会はないだろうな。

使用人たちにいろいろやってもらえるのは楽ではあるが、趣味のひとつもできないというのは、少し困った部分かもな。料理ぐらいは、自由にしたいだろう。

今だって別に俺たちは、婚約者候補と一緒に過ごすということだけは決まっていても、それ以外にすることなどは特にない。

そのため、よくいえば楽であり、悪くいえばすることのない時間を過ごしているのだった。

まあ、マフユといれば、あちこち連れ回されて退屈はしないだろうが……。

「ん？　どうかした？」

「いや、なんでもないよ」

首をかしげるマフユに、少し楽しみかな、と笑いかける俺だった。

●

そして夜になると、さっそくマフユが部屋を訪れたのだった。

「えへへ、お兄ちゃん、今日からは一緒に寝よ♪」

「マフユぅ……」

パジャマ姿のマフユが、枕を持って部屋に入ってくる。

「お兄ちゃんと一緒に寝るの、久しぶりだよね」

「まあ、そうだが……」

「ここのベッドは大きいから、今でも並んで寝られるね」

「スペース的にはな」

貴族向けだからというのが半分、そして元々ふたりで寝ることも想定されているからというのが半分で、ここのベッドは広いものになっている。

小さな子供でなくても、余裕で並んで寝られるだろう。

とはいえ。

広さ的に可能だからといって、いい年の男女が一緒に寝るかといわれると……。

マフユは元気で可愛らしい反面、あまり自分の魅力を理解していないところが昔からあった。

あるいは兄ということで、俺を男として意識していなかっただけかもしれないが……。

それにしても、今さらながらに無防備すぎると思う。

このあたりはさすが、チアキさんの娘というかなんというか……。

「しかしな、マフユ……」

俺はそんな彼女に切り出した。

「さすがにもう、一緒に寝るというのは……」

「そう？　メイドさんには、婚約者だしって賛成されたよ？」

「うっ……」

まあ、これまでのことを考えても、それはそうなるだろう。

もちろんそれは、幼い兄妹が一緒に寝るのとは意味合いが変わってくるのだが……。

「ほら、お兄ちゃん！」

言いながら、マフユは先にベッドへと潜り込んだ。

「早く早く♪」

「ああ……」

説明すればマフユもわかってくれるとは思うが、その説明はかなりこう、恥ずかしいものであるということもあり、俺は誘われるままベッドに入ることになった。

「ぎゅー♪」

そんな俺に、彼女は無邪気にも抱きついてくる。

「お兄ちゃんの身体、大きいね」

マフユの柔らかな感触と、女の子の匂いに欲望がくすぐられてしまう。

俺は平静を装って言った。

「あまりくっつかれると、寝にくいから……」

「むー。でも、こうやってお兄ちゃんと一緒にいられるの、すごく久しぶりだから」

彼女はそんなふうにすねて、そのまま抱きついているのだった。

振る舞いは小さな女の子のようだが、今のマフユはもう、成長した女性だ。

確かにこの世界基準でも成人はしていないかもしれないが、体つきはしっかり女の子。

そんなふうにむぎゅっと抱きつかれると、やはり反応してしまう。

「んー、お兄ちゃんに抱きつくの、なんだかすごく安心する……」

そんなふうに甘えながら、すりすりとしてくるマフユ。

犬のような懐き方、といえばそうなのだが、実際にされていると欲望が湧き上がってしまうのは防げない。

「お兄ちゃんを、ぎゅー♪」

さらには、抱き枕にするように足を絡めてくるのだった。

俺は腰を引いて逃げようとするものの、彼女はしっかりとホールドして密着してくる。

「んー♪　ぎゅー……んんっ？」

そんな彼女の腿に硬い部分が当たり、マフユはそれを確かめようと手を伸ばしてきた。

「お兄ちゃんのここ、なんだろう……？」

「マフユ、そこは、うっ……」

彼女の手がズボン越しに肉竿をきゅっと握る。

「なんだか硬く……あっ……」

そしてそれが何であるかに気付いたマフユが、ぱっと手を離し。

「お、お兄ちゃん、ごめんなさいっ！　その、お、男の人の、おちん……大事なところ、触っちゃって……」

「ああ……」

俺は小さくうなずいた。彼女は顔を赤くして慌てながらも、こちらを見つめて言葉を続けた。

「その、これって……硬く……おおきくなってる、よね？」

「そう……だな」

気恥ずかしさと気まずさを抱《いだ》きながら、うなずいた。

「ぼっき、してるんだね……」

そう言って、彼女の手が優しく肉竿をなでた。

「これ……ぼっき……」

無邪気だと思っていた妹が、そんな淫語を口にするなんて……不意打ちすぎる。

「うわっ……」

マフユがさわさわと、興味深げにいじってくる。

「大きくなるのって、興奮したとき、なんだよね……？」

彼女はズボン越しに肉竿を軽くいじりながら、俺に尋ねる。

「そうだ……」

「そうなんだ……それじゃ、お兄ちゃんは、婚約者のあたしに興奮してくれたんだ……」

彼女は嬉しそうに言うと、俺を見つめた。

「あたしのこと、女の子として魅力的だって、思ってくれてたんだね」

「それはもちろん」

マフユは可愛い女の子だ。

彼女のほうは妹として「お兄ちゃん」と慕ってくれており、スキンシップもそういうノリなのだと思っていたが……。俺としては、ドキドキしてしまうことが多かった。

特に現代の頃は、女性への耐性もまるでなかったし。

「そうなんだ♪」

楽しそうな声を出しながら、さらにスリスリと股間を擦ってくる。

「ねえお兄ちゃん……。男の人って、おちんちん大きくなったら、出してすっきりしたいんでしょ……？」

マフユは上目遣いに俺を見る。

「あたしで大きくしてくれたんだし、手伝ってあげようか？」

「マフユ……」

魅力的なお誘いに、俺は期待してしまう。

「そ、それにほら……」

顔を赤くしながら、彼女は続けた。

「今のあたしは、お兄ちゃんのこ、婚約者なんだしっ……。そういうことするのも、おかしくない、よね……？」

「ああ、そうだな……うん」

俺がうなずくと、彼女は俺のズボンへと手をかけてきた。

「そ、それじゃあ、あたしが手伝ってあげる」

そう言って。、彼女はズボンを脱がせてきた。

「わっ、パンツのここ、すごく膨らんでる……♥　つんつんっ」

「うぉ……」

彼女は指先で軽く、肉竿をオモチャのようにつついてきた。

淡い刺激が広がり、くすぐったいような気持ちよさがある。

「あっ、なんかぴくんって反応した……。お、お兄ちゃん、それじゃ、その、パンツも脱がせちゃうね……？」

「ああ、いいけど……」

彼女はそう言うと、次には躊躇《ちゅうちょ》なく下着も脱がせてくる。

そうすると、押し込められていた肉竿が飛び出した。

「あぁっ♥　おちんちん、ぴょんって飛び出してきた……」

そう言って、彼女の視線が肉棒に注がれる。

「これが、んっ、お兄ちゃんの、おちんちん……♥」

彼女はまじまじと肉棒を見つめてくる。

かつての義妹からのその視線は、かなり気恥ずかしい。

「こんなに大きいのをぶら下げていて、動きにくくないの……？」

不思議そうに言いながら、そっと肉竿に振れてくる。

「あぁ……すごく熱いね……それに……」

彼女はにぎにぎと剛直をいじる。

「とっても硬いんだね……♥」

マフユの手が優しく、そっと肉棒を刺激してくる。

女の子の小さく柔らかな手に甘く触られて、もどかしいような快感が湧き上がってきた。

「こ、これを指で擦ると、気持ちいいんだよね……？」

「ああ。いや、そんなことどこで……」

「じゃあ、いくね……」

うなずくと、マフユはゆっくりと手を動かし始めた。

「しーこ……しーこ……すごい……ガチガチのおちんちん……♥　血管も浮き出て、こんなに張り詰めて……なんだか昔と違うねぇー」

彼女の手が緩やかに肉竿を刺激する。

「おちんちんって、こんな風になってるんだ……しーこ、しーこ……んっ……」

マフユは好奇心の赴くままにチンポを握り、手を動かしている。

「しーこ、しーこ……あぁ……」

性に不慣れな美少女のその姿はとてもえっちで、俺の興奮は増していった。

「どう？　気持ちいい？」

「ああ。もう少し速くてもいいかも」

「そうなんだ……こう？　しーこ、しーこ、しーこ、しーこ……こうやって上下に手を動かして、お兄ちゃんのおちんちん、擦って……」

「ああ、そうだ……」

彼女はリズミカルに手コキを行っていく。

探り探りの手淫は、刺激そのもの以上に淫靡な感じがして、昂ぶらせてくる。

女の子にえっちなことを教えるのは、背徳感もすごかった。

「あっ、おちんちんの先っぽから、とろっとしたの出てきたね……ほら……」

ちょんっと鈴口に触れると、そのまま指をあげる。

我慢汁がマフユの指先で糸を引いていた。

「すっごいぬるんるしてる……♥　お兄ちゃん、ちゃんと感じてくれてるんだね……しこしこしこしこっ♥」

「うぉお……」

嬉しそうに言うと、手コキの速度を速めてきた。

小さな手が素早く、だんだんと的確に肉棒を擦りあげてくる。

「このまま、んっ、あたしの手で気持ちよくなって、出るところ見せてね？　ほら、おちんちんしこしこしこしこっ♥」

「う、見せてって……？　あ、マフユ、もうっ……」

「イキそうなの!?　おちんちんから、せーえき、ぴゅっぴゅしちゃう？　あぁ……見たいよぉ♥　しこしこしこしこっ、しこしこしこしこっ♥」

「う、で、出るっ！」

彼女のしごき上げで、俺は思わず射精した。

「あぁっ、すごいっ……♥　せーえき、ほんとにびゅー、びゅーって吹き上がってる……♥」

飛び出した精液を見て、マフユは嬉しそうに言った。

「お兄ちゃんが、あたしの手で男の人として気持ちよくなってくれたんだ……♥　ふふっ、おちんちんって、すごいね……」

彼女はうっとりと肉竿を眺めている。

「でも……おちんちん、まだ大きなままだね……♥」

彼女は潤んだ瞳で俺を見つめてくる。その視線は、思った以上に妖艶だった。

「ね、お兄ちゃん……」

その声には女としての期待がにじんでいた。その仕草に、俺も我慢できなくなる。

「マフユ……」

「あっ……♥」

押し倒すと、抵抗せずに仰向けになる。

俺はそんなマフユの服に手をかけてから、じっと見つめる。

「んっ……」

マフユは小さくうなずくと、そのまま身体の力を抜いた。

俺は彼女のパジャマを、少しずつ脱がせていく。

「あぁ……♥」

すると、下着を着けていなかった大きなおっぱいが、たゆんっと揺れながら現れた。

「ん、お兄ちゃん……」

丸く大きなおっぱい。

その双丘に、つい見とれてしまう。

マフユは恥ずかしそうにしながらも、そのまま動かない。

抵抗がないことを確認し、たわわな果実へと手を伸ばした。

「あんっ♥　お兄ちゃん……」

むにゅんっと柔らかな感触とともに、おっぱいが俺の手を受け止めてかたちを変えた。

指の隙間からは、乳肉があふれ出してくる。

「あぅっ……お兄ちゃんの手で、おっぱい、触られてる……」

「ああ、すごく柔らかいよ」

俺はそのまま両手を動かし、彼女の胸を揉んでいった。

「ん、はぁ……すごい、んっ……恥ずかしいけど、ドキドキして、お兄ちゃんの手、気持ちよくて、あぁ……♥」

むにゅむにゅとおっぱいを揉んでいくと、マフユが色っぽい声を出していく。

普段の元気な姿とは違うしおらしい仕草に、オスの本能が刺激されていった。

「あんっ、ん、はぁ……」

俺はそのまま、マフユの胸を愛撫していく。

「あふっ、ん、はぁっ……なんか、すごくえっち……お兄ちゃん」

「マフユも……乳首、立ってきてるな」

「やんっ♥」

そう言って、双丘の先端でぷっくりと立ち上がっているつぼみを刺激していく。

「んぁ、あっ、あぁ……♥」

くりくりと乳首を転がしていると、マフユの声もどんどんと色づいていった。

「あっ、ん、はぁっ……♥」

俺はそんな彼女を見ながら、手を下のほうへと動かす。

「こっちはどうかな……」

そして、下着越しの割れ目へと触れる。

「ひぅっ、あ、お兄ちゃん、そこは……」

マフユのそこは、もう布地越しでもわかるほどにうるみを帯びていた。

「あぁ……ん、だめぇっ……♥」

そう言いながらも、彼女は小さく腰を動かして、その割れ目を俺の指へとこすりつけてくるのだった。

「マフユ、えっちになってるな……」

「やぁ。そんなこと、んっ……あぁっ♥」

俺はさらに少しアソコを刺激したあと、今度は下着に手をかける。

「脱がせるぞ」

「んっ……♥」

彼女は顔を赤くしながら、小さくうなずいた。

俺はそのまま、下着を下ろしていく。

「あぅっ……」

すぐにその小さな布は脱がされ、マフユの割れ目が露《あらわ》になってしまう。

まだ何も受け入れたこともなく、ぴっちりと閉じたきれいな割れ目。

しかしそこからは、とろりといやらしい女性の蜜があふれていた。

俺はその割れ目を、直接指先でなで上げる。

「んぁっ……♥　あぁ……」

「ここ、しっかりとほぐしておかないとな」

「あぅ、ん、はぁっ……♥」

指先を動かして割れ目を軽く押し広げ、いじっていく。

くちゅくちゅといやらしい音が響き、マフユのおまんこからますます愛液があふれてくる。

「んはぁっ♥　あ、ん、ふぅっ……！　お兄ちゃんの指、すごくえっちだよぉっ……♥　あたし、ん、あぁっ、ふぅ、んっ♥」

彼女は可愛らしい反応で感じていく。

俺は慎重にその入り口を刺激して、初めての挿入のためにほぐす。

「あふっ、お、お兄ちゃん……そんなにされたら、あっ、アソコ、むずむずして、あたし、ん、はぁっ……♥」

マフユはおねだりするように、俺を見つめた。

「ね、ねぇ……お、お兄ちゃんの、おちんちん……ガチガチの逞しいおちんちんで、気持ちよくして……♥　えっちって、そういうことなんだよね？」

マフユは恥ずかしがりながらも、とても淫らにおねだりしてくる。

「あたしの中に、お兄ちゃんをちょうだい……」

「ああ……わかった」

まっすぐに求められて、我慢できるはずがなかった。

「それじゃ、いくぞ……」

「うんっ……♥」

俺はそそり勃つ剛直を、無垢な割れ目へとあてがう。

とろとろになった膣口が、肉竿の先端を濡らしていった。

「あぁ♥　お兄ちゃんのおちんちん……あたしのアソコに当たってる……このまま、つながるんだね……」

「そうだ」

俺はそのまま、肉竿の先端で割れ目を擦るように刺激していく。

「あぁっ。ん、はぁっ……♥　お兄ちゃん、きてっ……♥」

「いくぞ」

俺はあらためて言うと、そのまま腰をゆっくりと進めていった。充分にならした粘膜同士が馴染みつつ、秘穴へとねじ込まれていく。

「あっ、んっ……！」

すぐに肉竿の先端が、彼女の処女膜に行き当たる。

女の子の大切な場所を守る、最後の防壁。

俺はそれを、亀頭で引き裂いていった。

「んはぁっ、あ、あぁ……！」

メリッと膜が裂けると、そのまま肉棒が膣内に迎え入れられる。

「ひぅっ……！　あっ、ん、くぅっ……！」

彼女の中に、俺の肉竿が入っていく。ゆっくり、しっかりと肉穴を進んでいく。

熱くうねる膣襞が、全体をキツく締めつけてきた。

「あう、ん、はぁ……。すごいっ……！　あたしの中、んぁ、ああっ、いっぱい、押し広げられて……ん、ふぅっ……」

初めてのモノを受け入れた彼女が、その圧迫感に呼吸を整えようとしている。

「お兄ちゃんがあたしの中にいるの、いっぱい伝わってきてる……！　ん、はぁ、ああっ……」

俺はしばらく、そのまま腰を止めて待った。

その最中も膣襞はうねり、肉棒を刺激してくる。

「あぁ……ん、ふぅっ……」

ようやく落ち着いたマフユが、こちらを見上げる。

「お兄ちゃん、もう大丈夫……うごいて……あたしのおまんこで、んっ、いっぱい、気持ちよくなって……」

「ああ……」

その言葉に、俺はゆっくりと腰を動かし始めた。

絡みつく膣襞を擦りながら、慎重に往復していく。

「あ、ん、はぁっ……お兄ちゃん、ん、ふぅっ……♥」

ゆっくりと腰を動かしていると、マフユの声に色が混じり始める。

「あふっ、ん、はぁ……♥　ん、くぅ、んぁっ……」

彼女は潤んだ瞳で俺を見上げた。

感じ始めているその表情に、俺の興奮も高まっていく。

「あぁっ、ん、ふぅっ……♥　お兄ちゃん、んぁっ！」

処女穴が肉竿を締めつけ、蠕動する。

「すごい、ん、あたしの中、おちんちんが動いてるの、わかるのっ……♥」

「ああ……俺もマフユを感じてる」

膣襞がきゅうきゅうと肉棒を締めつけ、擦りあげてくる。

その気持ちよさに、俺は腰の動きを速めていった。

「あぁっ、ん、ふぅっ、あうっ……♥」

律動に合わせて、マフユが喘いでいく。

蠢動する膣襞が、肉棒を締めつけながらこすっていった。

「んはぁっ、あっ、ん、ふぅっ！」

俺のピストンのたびに嬌声をあげていくマフユ。

彼女が感じていくにつれて、膣襞もより積極的に肉棒を咥えこみ、刺激してくるのだった。

「んはぁっ♥　あっ、ん、ふぅっ……お兄ちゃん、あたし、あっ、ん、はぁっ、気持ちよくて、ん、はぁっ……♥」

マフユは快感に乱れていき、嬌声も大きくなっていく。

「んはぁっ、あっ、だめぇっ……♥　イっちゃう、ん、はぁっ！　お兄ちゃんとセックスして、気持ちよすぎてイっちゃうっ♥」

「う、マフユ……」

その可愛らしくもエロい姿と、おまんこの快感に俺も限界が近づいた。

「このまま、行くぞ」

「うんっ♥　あっ、あっ♥　んは、ああっ！」

婿声をあげるマフユの中を、大胆に往復していく。

「んはぁっ♥　あぁっ、ん、はぁっ、イクッ！　あたし、もう、んぁ、あっあっ♥　イクッ！　ん、はぁっ！」

「俺もう、うっ……！」

蠕動する膣襞を擦りあげ、快感を高めてあっていく。

「はぁっ♥　あ、んぁ、あうっ……ふぅ、んっ！　すごいのぉ……せっくすすごい……イクッ、イクイクッ！　イックウウゥゥゥッ！」

「う、あぁ……！」

ビュクッ、ビュルルルルルッ！

マフユが嬌声をあげ、絶頂する。それと同時に、俺も精を膣内に放っていった。

「んはぁぁぁっ♥　あっ、すごい、んぁ、あたしの中で、あっ、おちんちん跳ねて、熱いの、どぴゅどぴゅかんじるのぉっ♥」

「うぁ……ああ……！」

射精中の肉棒が、処女おまんこのキツい絶頂締めつけで絞られていく。

その気持ちよさに浸りながら、俺は余さず精液を放っていった。

「んはぁ……♥　あぁ……」

快感の波を受け終えて、マフユの身体から力が抜けていく。

俺はその秘部から、ぬちゃりと肉竿を引き抜いていった。

「あぁ……お兄ちゃん……♥　あたしたち、しちゃった……ね」

彼女はとろけた表情で、俺を見上げた。

「んっ……」

俺はそんな彼女を抱きしめると、そっとキスをした。

「ん……。ちゅ。えへへ。ぎゅー……♪」

彼女もそんな俺に抱きつき、幸せそうに微笑みを浮かべたのだった。

●

「お兄ちゃん、おはよう♪」

マフユと身体を重ねてから数日がたった頃。

彼女は毎朝、俺のベッドに潜り込みながら起こしてくるようになったのだった。

目覚めた瞬間、美少女が抱きついている状態というのはいい朝だ。

そんなことを感じながら起き上がる。

「あっ、もう起きちゃうの？」

「……起こしに来たんじゃないのか……？」

「そうだけど、起きる起きないで言い合って、いちゃいちゃするのもいいかなって思って」

「なるほどな」

それはそれで魅力的にも思えるが、そんなことをしはじめると、多分ずっと起きないままになるからな……。

俺は素直に起き上がり、のびをする。

そして今日も、一日が始まるのだった。


「ね、お兄ちゃんお兄ちゃん♪」

朝食を終えると、マフユがテンション高く言いながら、腕に抱きついてくる。

彼女の大きなおっぱいが、むにゅりと当たって気持ちがいい。

「そんなにくっつくなって」

「えー、いいじゃん♪　婚約者なんだし♪」

マフユは楽しそうに言いながら、そのまままくっついてくる。

元々スキンシップは多かったし、それ自体は前と同じとも思えたが……。

「ほら、むぎゅー♪」

そう言って、胸を押しつけてくるのだった。昔と違って異性として意識し合っているだけに、より直接的だ。

たわわな胸が身体に押し当てられて、柔らかくかたちを変える。

昔は自分の魅力を考慮しない妹のスキンシップの結果として、こちらばかりがドキドキしてしまという感じだった。

しかし今は、マフユもわかった上でやっているのだ。

同じようなスキンシップでも、そこに男女としての色が入ってくると、わかりやすく欲望がくすぐられてしまう。

俺のほうも、自分を律する必要がなくなってしまうしな。

そんなことを思いつつも、彼女との緩く幸せな時間を過ごしていった。

「ねえねえお兄ちゃん。やっぱりさ、またみんなで暮らせるようになるといいね」

「そうだな」

今回の婚約はヴェスナー侯爵家を中心に回っているため、候補の人選自体は偶然のようだ。

彼女たち三人の家同士には、さほどの関わりはない。

同じ国内とはいえ領地も近いわけじゃないし、彼女たち自身での接点はなかったようだ。

しかし今回のことが決まったことで、彼女たちも顔合わせを行ったらしい。

そうなれば当然、お互いのことはわかる。最後の候補であるマフユは、すでにふたりと再会した後だという。チアキさんたちから俺のことを聞いたのも、マフユが最初からハイテンションだった理由だ。

「お兄ちゃんは、大変になりそうだけどね♪」

いたずらっぽくそう言いながら、彼女はまた胸を押しつけてくる。

俺自身だって、前世での振る舞いを反省し、彼女たちと向き合おうとは思っていたが……。

婚約者となった彼女たちは、家族としてだけでなく性的にもすごく積極的に迫ってくる。

美女たちに求められて、男冥利に尽きる話だ。

一夫多妻の場合、妻同士の仲というのも、時には問題になり得る。

平和な時代ではあるが、それゆえに貴族家同士の関係性が薄くなっているのもあって、最近はちょくちょくもめるという話も聞く。

戦争なり国内の派閥争いなりで争いが多い時代だと、そうもいってられず、見方を増やそうとする。しかし平和だと、感情を差し挟んでゴタゴタする余裕が出てきてしまうからな。

そのためか、他家ともめるくらいなら一夫一妻でおとなしくしていよう、という流れも出ている。

だが、今回の縁談の場合は、それも気にしなくていいしな。今の侯爵家には、そんなしがらみはない。あとは俺の甲斐性次第ということだ。

「楽しみだね」

「そうだな」

またみんなで暮らせる日々を思い、笑顔を浮かべるマフユにうなずいたのだった。

●

そして夜になると、俺たちはベッドへと向かう。

スキンシップの意味合いが変わり、ムラッとくることも少なくない。

そんなふうに思っているのは俺だけではないらしく、マフユも我慢しきれない、といった様子だった。

「お兄ちゃん……えいっ♥」

彼女は俺をベッドへと押し倒すと、そのまま跨がってくる。

「お兄ちゃんとイチャイチャしたくて、すっごくドキドキしちゃってるの」

そう言った彼女は、身体を逆向きにして俺のズボンへと手をかけてくる。

逆さに跨がっているため、俺の顔側にはマフユのお尻がきている。

俺はその、丸いお尻へと手を伸した。

「ひゃんっ!」

服越にお尻をなでると、びくっと驚いたように反応した。

「も、もう、いきなりお尻なでられたら、あっ♥」

俺はそのまま、ハリのあるお尻をむにむにと揉んでみる。

全体的には細身でありながら、ここの肉付きはなかなかだ。

そんなことを考えながら、お尻をなでていった。

「ん、もうっ……お兄ちゃんの手つき、いやらしいよぉ……♥」

「これから、もっといやらしいことをするんだろう?」

そう言いながら、俺は彼女のショートパンツを脱がしていく。

「あんっ、そうだけど、んっ……♥」

するとすぐに、扇情的な赤い下着が現れてくる。

女の子の大切なところを守るには、あまりに防御力の低い小さな布だ。

俺は今度は直接、その尻肉を揉んでいく。

「ん、お兄ちゃん、あぅっ……♥」

少し恥ずかしそうにしながらも、フリフリとお尻を揺らしてアピールしてくる。

「ん、はぁ……」

俺はそんな彼女のお尻を愛撫していきながら、徐々に手をずらしていった。

「あぁ、お兄ちゃん、ん、やっぱり、すごくえっちな手つきで、ん、はぁっ……♥」

ハリのある尻肉から内側へ……。

足の付け根へと手をずらしていく。

「あぅっ……ん、はぁ……♥」

内腿からじりじりと、彼女の大切なところを目指して指を動かしていくと、マフユも身悶える。

「やぁ……それ、ん、じらされるの、なんだかすごく、ん、はぁ……」

周囲を責めながらも性器には刺激を与えないことで、彼女はどんどん敏感になっていっているようだった。

快感を求めて小さく身体が動く。

「あぅ、ん、あぁっ！」

俺はようやく割れ目へと辿り着き、下着越しにそこをなで上げた。

するとマフユは、ぴくんと身体を反応させていく。

じらされた分感じやすくなっている彼女の、その割れ目を指先で擦りあげていった。

「あぁ、ん、お兄ちゃん、んぁ、あふっ……」

「濡れてきてるな……ほら」

「んはぁっ♥」

女の子の大切な場所を覆う布が、にじみ出す愛液で湿ってきている。

俺は指先を往復させて、そこを刺激していった。

「あぁっ、ん、はぁっ♥　お兄ちゃん、んぅっ……」

俺は割れ目をいじっていき、下着越しに淫芽を刺激した。

「んあぁぁっ♥　あっ、そこ、んぅっ！」

一番敏感な突起を刺激されて、彼女が大きく喘いだ。

陰核をいじると、大きく声を上げていく。

「あぁ……そこ、ん、はぁっ……♥　クリトリス、いじられると、ああっ、んはぁっ……！　あ、あたしも、えいっ！」

「おぉ……」

彼女はズボン越しにがしりと肉竿をつかみ、そのまま刺激してくる。

俺はその心地よさを感じながら、さらに彼女の敏感なところを責めていった。

「んはぁっ、あっ、んっ……うぅっ……」

彼女は刺激に可愛い声を漏らしながら、このままでは敵わないと思ったのか、俺のズボンを下着ごと脱がせてきた。

「あっ……♥ お兄ちゃんのおちんぽ♥ もうこんなに大きく、ガチガチになってるじゃん。ほらぁ♥ しこしこっ」

「うぉ……」

勃起竿を握り、手を動かしてくる。

「あたしのおまんこをいやらしくさわって、こんなに興奮しちゃったんだ？ おちんちんビンビンに上を向いて、ん、はぁっ……♥」

「そりゃ、可愛くエロい反応をされたら興奮するさ。こんなふうに」

「んあぁっ♥ あ、クリちゃん、そんなにいじられたらぁっ♥ はぁっ……♥ だめぇっ……♥ん、はうっ……！」

彼女は嬌声をあげて、身もだえる。

そんな可愛らしい反応を楽しみながら、さらにおまんこをいじっていった。

「ん、ふぅっ……♥ あたしも、お兄ちゃんのこと、いっぱい気持ちよくして、んぁ、かわいいところ、見せてもらうんだから♪」

そう言って姿勢を変えていくマフユ。

より身体を低くして、肉竿へと顔を近づけた。

「れろぉ♥ こうやって、おちんちん舐められるの、気持ちいいんでしょ？ 舌を細かく動かして、ちろろろっ……」

「おぉ……」

マフユの舌に亀頭をなめ回されて、気持ちよさに声が漏れた。

「ん、ちろっ、ぺろっ……」

「それじゃあ俺も……」

俺は彼女の下着をずらすと、そのままお尻を引き寄せる。

そして露《あらわ》になったおまんこへと、舌を伸していった。

「れろっ……ちろ、んはぁっ♥」

割れ目を舐めあげ、舌先で割り開いていく。

「あぅっ♥　お兄ちゃん、あっ♥　んぅ……」

彼女はまた可愛い声をあげて、快感に身体を揺らした。

俺はしっかりとお尻をホールドしながら、おまんこへの愛撫を行っていった。

「んぁ、ああっ……♥　ん、れろっ♥　ちろっ……あぅ、おまんこ、お兄ちゃんになめなめされて、あっ♥　ん、はぁっ……！」

彼女は俺の舌愛撫に感じてくれているようで、その膣襞もヒクヒクと震える。

開いた膣穴へと、舌をそっと忍び込ませていった。

「んはぁ、あっ、舌が、中に、んぅっ……♥　あ、あたしだって……あむっ♥　じゅるっ、れろっ、じゅぼっ……！」

「う、マフユ……！」

彼女はパクリと肉棒の先端を咥え、そのまま口内で転がしていく。

温かな口内に包まれて刺激されるのは、とても気持ちがいい。

「あむっ、じゅるっ、れろっ、ちゅぽっ、ぺろっ……♥」

膣襞とは違う、舌の大胆な動きや唇の吸いつきに、快感が膨らんでいった。

「あむっ、じゅるっ、れろっ……♥　お兄ちゃん、ん、ふぅっ♥」

「マフユ、あぁ……」

肉竿を咥えたマフユが、その顔を上下に動かしていく。

温かな口内に包まれる先端と、唇に刺激される肉竿。

種類の違う快感が肉竿を包み込んでいった。

「あふっ、ん、あっ♥」

俺はそんなマフユのおまんこを、より大胆になめ回し、愛撫していく。

「んぁ、あっ、お兄ちゃんの舌が、ん、あたしのおまんこ、ペロペロしてる……♥」

身体を重ね、互いの性器を愛撫していく。その気持ちよさに浸っていった。

「ぺろっ、じゅる……ん、はぁっ……♥」

「マフユ、ん……！」

「れろっ、んはぁっ！　あっ、んぅっ、お兄ちゃんの舌、気持ちよくて、あっ、ん、ふぅっ……♥

あたしも、れろぉっ♥」

負けじと肉棒を舐め、しゃぶっていくマフユ。

俺たちは互いに性器を愛撫して、どんどんと高め合っていく。

「れろろっ……♥　じゅぶじゅぶっ！　おちんちん、気持ちいい？」

「ああ、すごくいいぞ……」

自らも快感で乱れていることもあり、マフユのお口ご奉仕はすばらしい技術というわけではないが、その一生懸命さもまたエロく、そそるものがある。

「んぅっ。……れろっ、ちゅぶっ……あんっ♥」

それに、なめ回すおまんこからは濃厚なメスのフェロモンがあふれており、俺の本能を絶えず刺激してくるのだ。

すぐにでもこの、ぬれぬれおまんこにぶちこみたい。

そんな欲求と、もっとこのフェラを味わっていたいという思いがせめぎ合う。

「んはぁっ♥　あ、ん、ふぅっ……じゅるっ……♥　ぺろっ、れろっ……。おちんちん、こんなに張り詰めて、ぺろぉっ♥」

彼女はいやらしく舌を使い、舐めながら頭を上下に動かしていく。

「ぺろろっ……じゅぼっ……！　じゅるっ、ちゅぱっ♥」

激しさを増していくフェラに、射精欲が膨らんでいく。

「んぁ、ちゅぷっ……んっ、お兄ちゃんのおちんぽから、とろとろの我慢汁があふれ出してきてる。ちゅぅぅっ♥」

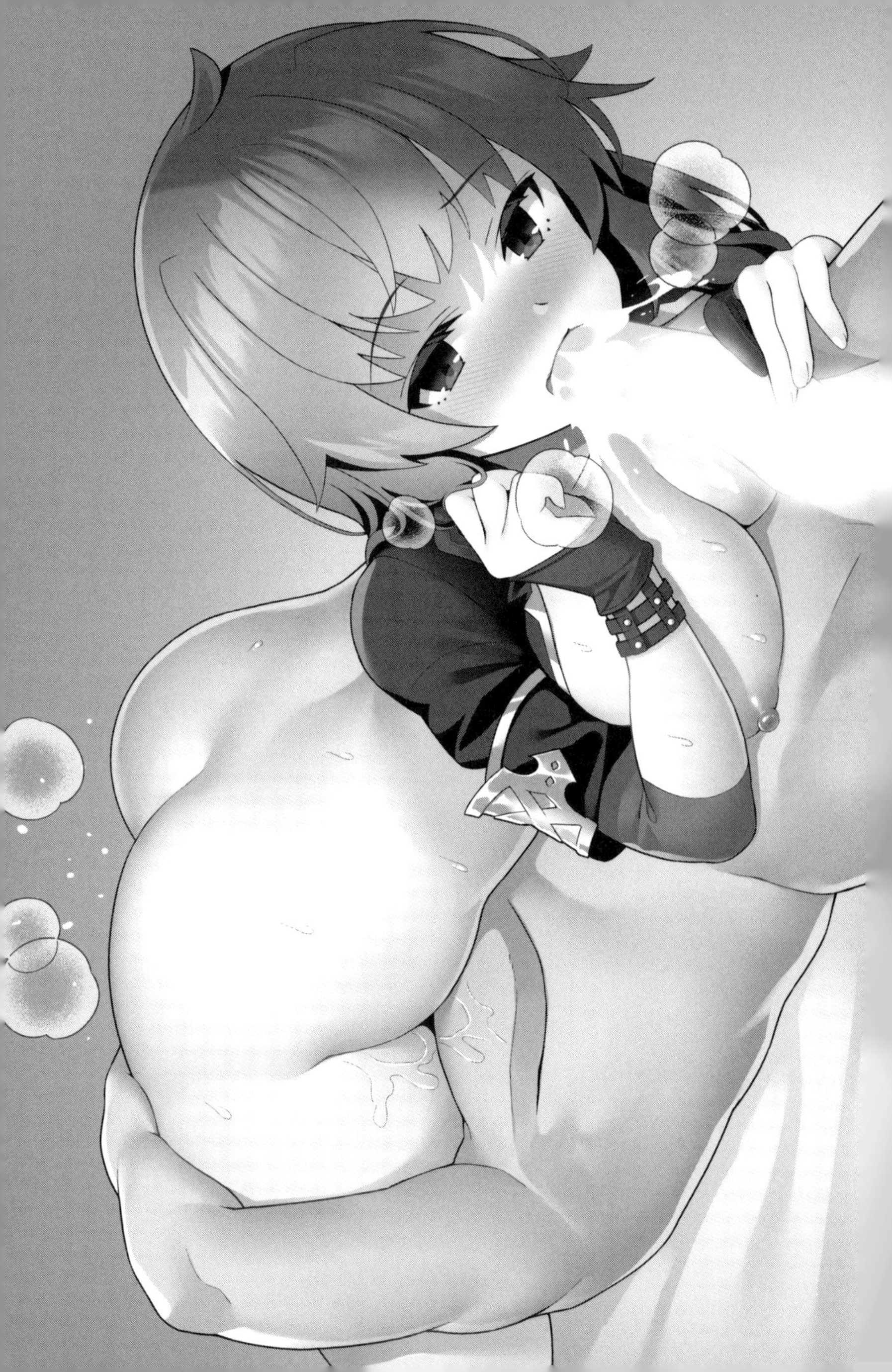

「うぁ……！」

肉竿に吸いつかれて、気持ちよさに声が漏れた。

俺は彼女のバキュームフェラに負けじと、そのおまんこを刺激していく。

「んぁ、あっ、お兄ちゃん、ん、あふっ、おまんこ、そんなにペロペロされたら、あぁっ、あふっ、んひぃっ♥」

蜜壺を舌先でいじりながら、クリトリスも刺激していく。

敏感な突起を舌で押したり舐めたりしていき、愛撫を繰り返す。

「んはぁっ、あっ、んん、ふぅっ……。れろっ、じゅぶっ、じゅぼぼっ……♥　じゅるっ、れろれろれろっ！」

彼女のほうも激しくチンポをなめ回してきた。

俺たちは互いにラストスパートをかけ、性器を愛撫していく。

「れろろっ、じゅぶっ、ん、はぁっ♥　ああ、お兄ちゃん、んぅっ、じゅぶっ♥　れろれろっ、じゅるるるるっ！」

彼女は感じながらも肉棒をしゃぶり吸いついてくる。

その快感に、精液がこみ上げてきた。

俺はおまんこへの愛撫を続けながら、欲望を放つ体制になる。

「じゅるるるっ。ん、ちゅぶっ……あぁっ♥　お兄ちゃん、あっあっ♥　んんっ、れろっ、ちゅぱっ、じゅぶぶぶぶっ♥」

「う、あぁ……！」

最後に激しくバキュームされて、俺は射精した。

「んんっ♥　ん、んんんっ！」

彼女のほうも、精液を口で受け止めながらイったようで、その身体を反応させる。

「んむ、んぁ、あふっ……♥」

絶頂しながら精液を口で受け止め、マフユはうっとりとしながら脱力していく。

そんな彼女の下から抜け出すと、マフユはそのまま姿勢を崩し、ベッドへと横になった。

「お兄ちゃん……♥」

快楽の余韻に浸りながら、潤んだ瞳で見上げてくるマフユ。

その表情もとても魅力的だ。

さらには……。

ベッドの上で力を抜いている彼女のアソコは、イったばかりで濡れながらひくついている。

その淫靡な姿を見せられて、俺の興奮が収まるはずもなかった。

「お兄ちゃん……あっ♥」

彼女は、まだそそり勃っている肉棒を見て、嬉しそうな声を出した。

「お兄ちゃんのガチガチおちんぽ♥　まだ出したりないんだ？」

「ああ。えっちなマフユを見ていたら、収まらなくてな」

そう言うと、彼女はうっとりとしながら言った。

「んっ……あたしも、うずいてるおまんこに、お兄ちゃんの大きいおちんぽ♥　挿れてほしいの……ん、はぁ……！」

そう言って、自らの割れ目をくぱぁっと広げるマフユ。

そのドスケベなおねだりに、俺は彼女に覆い被さる。

「あんっ♥」

そして滾る肉棒を、膣口へと押し当てた。

「あぁ、おちんぽ、くる……！」

そのまま腰を前へと出す。

「んはぁっ♥」

すっかりと濡れているおまんこが、スムーズに肉棒を受け入れた。

ぬぷり、と膣内に入ると、膣襞がすぐに絡みついてくる。

きゅっきゅと締めつけてくる、その独特の気持ちよさを感じていた。

「んはぁ、ああっ、お兄ちゃんの大きなおちんちん、あたしの中、ん、はぁっ……いっぱい押し広げて、ん、ふぅっ……♥」

俺はそのまま、腰を動かし始める。

蠕動する膣襞を擦りあげながら、往復していった。

「あぁっ、ん、はぁっ、すごい、あうっ……♥　おちんぽ、あたしの中をゾリゾリ擦りあげて、ん、はぁっ！」

「う、マフユの中、すごい締めつけだな」

「あぅ、ん、はぁっ……お兄ちゃんのおちんぽが、大きすぎるんだよぉっ……♥ あっ、ん、くぅっ、あぁっ！」

彼女があられもない声をあげて、乱れている。

「だめぇっ♥ あっ、そんなにされたら、すぐイクッ！ あっ、んはぁっ、あうっ、気持ちよすぎて、んぁ、イクゥッ！」

「好きにいっていいぞ、ほら！」

「んはぁぁあぁぁぁぁっ♥」

ぐっと奥を突くと、彼女が身体を跳ねさせながら大きく嬌声をあげた。

「あ、あぁっ……♥ ん、やぁ、待って、お兄ちゃん、奥、んはぁっ♥ 気持ちよくてじんじんしちゃうからぁっ……♥」

「ごめん、我慢できそうにない」

「んはぁっ♥ あっ、んひぃっ♥」

腰を動かすと、彼女があられもない声をもらす。

「はしたないよぉ、とろけ顔になっちゃうっ♥ 見ちゃだめぇっ！」

そう言って両手で顔を隠してしまうマフユ。

快感でエロい表情になるマフユを見ていたい気持ちももちろんあるが、それ以上におまんこが気持ちよすぎて、腰ふりを止められない。

「んはぁっ♥　あぁぁっ♥　だめぇっ♥　イクッ！　またイっちゃう、んぁ、お兄ちゃんのおちんぽで♥　またイクッ！」

「マフユ、う、あぁ……！」

快楽に乱れるマフユ。

その膣内も激しくうねり、肉棒をむさぼるように締めつけてくる。

「あぁっ♥　んはぁ、あうっ、あたし、んぁ、ああっ♥　気持ちよすぎて、おかしくなりゅっ♥　あっあっ♥」

「感じてるマフユは、エロくてかわいいぞ」

「んひぃっ♥　あっ、そんなこと、いっちゃだめぇっ！　お腹の奥からきゅんきゅんしてぇ♥　あっ♥　んはぁ、ああっ♥」

膣道全体が肉竿を絞るように締めつける。

オスの子種を求めるメスの動きだ。

そのはしたないおねだりに、俺も限界を迎える。

「マフユ、もう出すぞ！」

「あぁっ！　今、あっ♥　中出しされたら、あたし、んぁ、あふっ♥　お兄ちゃんのせーえきで、イキながらいっぱいイカされちゃうっ♥」

小さく連続イキをしながら、マフユが嬌声をあげていく。

「あっあっあっあっ♥　イクッ、イキながらイクッ！　んはぁ、ああっ、おまんこイクッ♥　あぁ、お兄ちゃん、んはぁ、んうぅっ！」

「ぐっ、いくぞ！」

俺は激しく腰を動かして、おまんこを奥まで突いていく。

膣襞を擦り上げ、子宮口を亀頭でつついていった。

「んひぃぃっ♥ あたしのいちばん奥まで、お兄ちゃんのおちんぽ♥ ぐりぐりきてるぅっ♥ あっあっ♥ んはぁっ！」

どびゅっ！ びゅくくっ、びゅるるるるっ！

そしてそのまま、彼女の膣内で射精した。

「んはぁぁぁぁぁっ！ あっ、あぁぁぁぁぁっ♥」

中出しを受けてマフユも、大きく身体を跳ねさせながらこれまで以上の絶頂を迎える。

「あぁっ♥ んぁ、しゅごいっ……！ お兄ちゃんのせーえき、あたしの奥ぅ、ベチベチたたいてるぅっ……♥」

絶頂おまんこはむぎゅっと肉棒を締めつけ、精液を搾り取ってくる。

俺はその気持ちよさに身を任せて、彼女の膣奥に余さず精を放っていった。

「んはぁっ……♥ あっ、ん、ふぅっ……」

そしてしっかりと注ぎきると、肉棒を引き抜いた。

「あふっ……お兄ちゃん……♥」

彼女は体力を使い果たしたようで、快楽にとろけた顔のまま、ぐったりとしていた。

その姿もまた欲情を煽るものだったが……。

俺のほうも精液を出し切り、さすがに体力も尽きている。

そのまま、彼女の隣へと寝そべった。

「あたしが何度もイってるのに、おちんぽでズンズン突いてくるなんて、お兄ちゃんヘンタイさんだよっ……♥」

そんなふうに言ってくるマフユだったが、その顔は満足げだ。

「それで気持ちよくなって、喜んでただろ？」

「もうっ♥」

まんざらでもなさそうに笑うと、抱きついてきた。

そしてしばらくそのまま、いちゃいちゃと抱き合って過ごしていくのだった。

●

屋敷での生活は穏やかに続いていく。

「お兄ちゃんって、そんなに本好きだったっけ？」

マフユは俺の部屋に置いてある本棚を見ながら言った。

背の高い本棚には、様々な本が並んでいる。

「貴族として暮らしていると、他にできることが少ないからな……」

平和な時代ということで、貴族がすべきことというのはあまりない。

領地も基本的には安定しているし、まだ侯爵家を継いでいないとなればなおさらだ。

勉強、というのもそう何時間もするようなものではない。

むしろ、現代のようにどうとでも時間を使え、どんどん生産して発展させていく……みたいな空気がない分、全体的にノンビリとしている。

国内も安定しているため、他の貴族と交流を深め、派閥を作り、権力を――みたいなことも起こらない。

よくいえば非常にゆったりとした、悪くいえば緩やかに衰退していくような状況だ。

仕事なんてほとんどないから、以前より本を読むようになった。

異世界ということで、本の価値は高めだ。それなりに貴重なのだが、反面、貴族の手元には多くの本が集まってくる。

その内容は、割といろいろだった。

半分くらいが神話で、かつ都合のいいように編纂された国の成り立ちみたいな歴史書もあるし、戯曲みたいなものもある。

技術者も経験重視で知識はあまり体系化されていないため、農業や建築などの技術書関連は数が少ない。

もっと時代が進み、職業が自由に選べるようになったり、あるいは学問として成立するようになってからは増えていくだろうけど。見た感じでは、まだその兆《きざ》しは少なかった。

と、本に関してはそんな感じなのだが、マフユは興味深そうに本棚を眺めている。

そして踏み台をつかって、上のほうを眺めているようだった。

「へえ、本当にいっぱい本があるんだね」

「ああ、そうだな……」

俺は踏み台の上でのびをしている、マフユの後ろ姿を眺める。

なかでも特に、すらっと伸びた足を見ていた。

「お兄ちゃん？」

そんな俺の視線に気付いてか、マフユがこちらを振り向いた。

そして、いたずらっぽい笑みを浮かべる。

「そんなに熱心にのぞき込んでも、あたしはショートパンツだから中は見えないよ？」

「たしかに、これがスカートだったらパンツ見えてる角度だな」

踏み台の上で、さらに上を見ている彼女はかなり無防備だ。

「さすがにあたしも、スカートでこんなことはしないって……いやまあ、お兄ちゃんしかいなければ別にいいのかな」

そんなことを言うマフユだったが、今の俺は別にパンツを見ようとか思っていた訳ではない。

「俺が見ていたのは足だけどな」

「足？」

マフユは不思議そうに言うと、そのまま踏み台から降りてきた。

「お兄ちゃんは足が好きなの？」

そう言いながら、自分の足を上げる彼女。

「特に足が好きって訳ではないが、今は見ていてきれいだなって思った」

「ふうん、そうなんだ♪」

マフユはいたずらっぽく言うと、こちらを見た。

「そんなお兄ちゃんは、足で気持ちよくしてあげようか？　ほらほらっ♪」

彼女は勢いづいて、俺をベッドへと連れて行く。

そして俺の向かいへと座り、さっそく足を伸してくる。

「って、先にズボンを脱がせないとね」

「マフユ……いや、いいか」

一瞬、止めようかとも思ったが、別になにか予定があるわけでもないし、このまま身体を重ねてしまっても困ることはない。

そのまま身を任せると、彼女は俺を脱がせてきた。

「まだ大きくなってないね」

そう言って、彼女は股間へと顔を近づけてくる。

「おちんちんがまだ柔らかい状態っていうのも、なんだか新鮮な感じがする。ちょっと可愛いよね……むにむにー♪」

楽しそうに、ペニスを指でいじり始めるマフユ。

彼女の手がやわやわと刺激してくると、すぐに肉竿が反応してくる。

「わっ大きくなってきてる♪　なんだか、すっごい不思議な感じ……おちんちんぐんぐん大きくなって、硬くなって……♥」

彼女はうっとりと肉棒を眺めながら、それでもさらにいじってくる。

「って、そうだった。今は足でお兄ちゃんを気持ちよくしてあげようと思ってたんだった」

そう言うと手を離し、俺の正面に座り込む。

ショートパンツから伸びる、すらりとした足。

引き締まった白く細い足は、とても魅力的だ。

そこでマフユは、足裏をこちらへと向けてくる。

「えへへ……♪　あ、そうだ。お兄ちゃんが興奮してくれるように、ズボンは脱いでおこうか」

そう言ってショートパンツを脱いで、下着姿になる。

あとは小さな布が、女の子の大切な場所を覆うのみだ。

布地が減って付け根まで見えることで、ショートパンツよりもさらに足がすらっと見える。

「それじゃ、この足でお兄ちゃんを気持ちよくしていくね♪」

マフユは宣言し、その両足で肉竿を挟んでくる。

土踏まずの部分が、肉竿をホールドしている。

小さな足が肉竿を両側から挟み、刺激してきた。

「ん、しょっ……手より難しいから、丁寧に、んっ……」

彼女はゆっくりと足を動かし始める。

「ん、しょっ……」

足裏の緩やかな刺激。

それでいて、しっかりとホールドされているため、なんだか不思議な感じだ。

「ふぅっ、ん、しょっ……」

彼女が足を動かしていくと、下着の股間のシワもかたちを変えていく。

その光景は妙に扇情的で、俺を刺激していった。

「どうかな、んっ、えいっ♪」

「ああ、いい感じだな」

俺はそう言いながらも、足の動きに合わせて動くマフユの下着を眺めていた。

彼女自身がその露出に無自覚だというのが、健康的でありつつエロいのかもしれないな……。

マフユは足コキに集中しており、俺の肉竿へ意識が向いている。

そのため自分自身のほうが、足を開いたえっちな姿だということを自覚していないのだ。

「ん、しょっ……」

それがなんだか、のぞき見のような背徳的なエロスを感じさせる。

「えいっ♪」

もちろん、彼女の足による刺激も心地いい。

「足でおちんちんいじられても、気持ちいい？」

「ああ、そうだな。すごくいいよ」

「そうなんだ♪　おちんちんは、あたしでいっぱい気持ちよくなれるんだね」

彼女は楽しそうに言いながら、足を動かしていく。

「ん、しょっ、えいっ♥　足の裏に熱くてガチガチのおちんちんがあるの、なんだか変な感じがするね」

「こっちとしても、他とは違う刺激って感じだな」

手ならばもっと器用に動いてくるし、胸ならばその柔らかさで攻めてくる感じだ。

比較的硬い部分である足は、それらとは異なる刺激を与えてくる。

「ん、大事なところ、足でいじられて気持ちいいなんて、あふっ……男の人って変なの……♥　ほらぁ♥　ん、しょっ……」

「うぉ……」

楽しそうなマフユが、足コキの速度を上げてくる。

ちょっとSっぽさのある感じが、普段とは違って新鮮だ。

「あはっ♥　ん、ふぅっ……えいえいえいっ♪」

彼女の足が肉棒をしごきあげてくる。

「あっ♥　先っぽから我慢汁が出てきたよ？　ほら、にちゃにちゃって……」

彼女は先走りを塗りつけるようにしてくる。

「ぬるぬるで動きやすくなったね♪　えっちな音してる♪」

マフユは器用に足を動かして、肉棒をしごきあげていく。

滑りがよくなったこともあり、その足使いもより大胆になり、大きな刺激を与えてきた。

「ん、しょっ……あはっ♥　どんどん我慢汁出て、あっ♥　おちんちんビクビクしてるよぉ♥　お兄ちゃん、気持ちよさそう♪」

マフユは激しく足を動かして、俺を見た。

「このまま、あたしの足でイっちゃえ♪」

「あぁ……」

しゅっしゅとリズミカルに足を動かすマフユ。

先走りが潤滑油になり、大味だった足の動きも気持ちよく感じられる。

そうして動きが激しさを増すにつれて、下着のシワも大胆になり……さらには、足コキで彼女のほうも感じているのがわかった。

下着からは、じんわりと愛液がしみ出していたのだ。

「はぁ、ん、ふぅっ……えいっ♪」

それでも妖艶な笑みを浮かべ、足コキを続けるマフユ。

「大事なおちんぽ、んっ♥　足でいじられて、ザーメンいっぱいぴゅっぴゅしちゃえ♪　ほら、ほらほらほらぁ♥」

「マフユ、うっ……！」

彼女の足コキで、俺は限界を迎える。

「このまま、足で絞って……えいえい、えいっ♥」

「あう……でる！」

「きゃっ♥」

そして絞られるようにしながら、俺は射精した。

「あっ♥　すっご……♥　お兄ちゃんの精液、あたしのおまんこまで飛んできてる……♥」

勢いよく飛び出した精液は、彼女の下着に向かって降り注いでいった。

「もう……足でしてるのにおまんこまで飛ばしてくるなんて……えっちなんだから♥」

嬉しそうに言うマフユが、肉竿から足を離す。

「ふふっ、あたしの足、お兄ちゃんのえっちなお汁でぬるぬるになっちゃった♪」

はしたない格好で言われると、下着のままでもやはりエロい。

そして俺も、一度出したくらいでは治まらない。

「次は俺の番だな」

「えっ、きゃっ♥」

俺はそのまま彼女を押し倒しながら、うつぶせにさせる。

「お兄ちゃん、ん、はぁっ……♥」

「マフユも、ここをこんなに濡らして……」

「あん、だめぇっ……♥」

言葉とは裏腹に、嬉しそうなマフユ。

俺はそんな彼女のお尻を押さえ、下着を横にずらしてしまう。

「足でいじりながら、こんなに濡れてたんだな」

「だって、ん、えっちなおちんちんいじってたんだもん……あたしだって疼いちゃうよ……」

「じゃあ、そんなえっちおなおまんこも、たっぷり気持ちよくしてあげないとな」

俺はその膣口に、肉竿をあてがった。

「あんっ、ん、ふぅっ……」

そしてそのまま、お尻に密着するようにして、腰を押し進めていく。

蜜壺はスムーズに肉棒を受け入れ、すぐに吸いついてきた。

「あふっ、お兄ちゃん、ん、あぁ……」

「最初から飛ばしていくぞ」

俺はそう言うと、腰を動かし始める。

「んはぁっ♥　あっ、ん、そんな、んぅっ！」

寝バックの姿勢で突かれたマフユは、嬌声をあげていった。

「んぅっ、あっ、はぁ、んはぁっ……♥」

彼女は気持ちよさそうに声を上げていく。

「あふっ、ん、そんな激しいの、だめだよぉっ……♥」

口ではそう言っているが、むしろもっとしてほしい、というようにも聞こえるのだった。

足コキのときはSっぽさもあったが、今ではすっかりMっぽさが勝《まさ》っているようだ。

俺はそんな彼女を、ベッドに押しつけながら腰を振っていった。

「んひぃっ♥　あっ、お兄ちゃん、そんなに激しく、あっ♥」

マフユは嬉しそうに叫んで、お尻を少し高く上げる。

俺はそのおねだりを受けて、勢いよく腰を振り続けた。

「あぁぁっ♥　んはぁ、ああっ……！　お兄ちゃんのおちんぽが♥　あたしの中、いっぱい突いてくるのぉ♥」

気持ちよさそうに喘いでいくマフユ。

俺はそんな彼女にますます昂ぶり、腰を動かしていく。

「んはぁっ♥　あっあっ、イクッ！　もう、んぁ、ああっ！　お兄ちゃん、あっあっ♥　ん、はぁっ、あうぅっ！」

うねる膣襞が、彼女の興奮にあわせて肉棒を締めつけてくる。

寝バックの締まりのよさに、俺もどんどんと高められていった。

「あふっ、ん、んんっ……♥」

マフユはぎゅっとシーツをつかんで、快感を受け止めている。

そんな彼女のぬれぬれおまんこを、グイグイと円を描いてかき回していった。

「んはぁっ♥　あっ、イっちゃう♥　んはぁっ、あぅっ、あっあっ♥　ん、イクッ！　んぁ、んくぅぅっ！」

そのたびに、敏感に反応してくれるので楽しい。

軽くイったらしいその蜜壺を、さらに深く突いてみる。

「んひぃっ♥　あ、んはぁ、イってるのに、あっ、そんなにおまんこ突かれたら、あっ♥　またイクッ！　あたし、んぁ、ああっ！」

絞り出すような嬌声をあげて、さらに乱れていく。

膣襞も蠕動し、肉棒を締めつけてきた。かつての義妹を無理に犯しているようで、興奮も高まる。

俺はラストスパートで、蠕動するおまんこを奥までしっかりと突いていく。

「んはぁぁっ！　あっ♥　お兄ちゃん、んぁ、ああっ！　イクッ、イっちゃう♥　んぁ、ああっ、あぅっ！」

「ぐ、俺ももう出すぞ……！」

「んはぁ、あっ、きてぇっ♥　あたしの中、んぁ、お兄ちゃんでいっぱいにしてっ……♥　あふっ、ん、はぁっ、ああっ！」

俺は激しく腰を振り、膣襞を擦りあげていく。

「んはぁっ♥　あっ、もう、だめぇっ♥　イクッ！　あっあっ♥　あふっ、んぁ、イクイクッ、イックウウゥウゥッ！」

どびゅっ、びゅくびゅくんっ！

俺は彼女の絶頂に合わせ、その膣内で射精した。

「んはぁぁぁぁっ♥」

絶頂おまんこに中出しを受けて、彼女がさらに快感の声をあげる。

膣襞がうねりながら、肉棒を締めあげて精液を搾り取ってきた。

俺はそのまま、しっかりと精液を出し尽くしていく。

「んはぁっ……あぁ……♥」

マフユもそのまま、中出し精液を子宮で飲み込みながら、快楽の余韻にひたっているようだった。

「お兄ちゃん……♥」

肉棒を引き抜くと、そんな彼女を優しくなでる。

「んっ……♥」

マフユが抱きついてきて、甘えるようにしてきた。

俺は愛しい彼女を抱きしめかえす。義妹のころよりも、さらに愛情が増したようだ。

「んー♥」

彼女はそのますりすりと、頬《ほほ》をこすりつけてきた。

とても可愛らしいその仕草に、心から癒やされる。

つい先程までは、あんなにエロく乱れていたのにな。

そうしていちゃつきながら、ごろごろとベッドで過ごすのだった。

●

元から積極的なスキンシップで、俺に懐いてくれていたマフユだ。

婚約者となったことで、そこにエロエロな要素が加わっていく。

彼女は持ち前の明るさと好奇心で、ぐいぐいと迫ってくる。

今の俺としては、そういったマフユの積極性は大歓迎だった。もう、兄としての我慢はない。

そんな彼女と屋敷の中を探索し――なぜか俺たちは今、ロッカーの中で密着状態になっていた。

「なんだかドキドキするね、お兄ちゃん……」

「ああ……しかし別に隠れなくてもよかったんじゃ……」

「つい……ごめんね♥」

屋敷の探索中、道具類をしまってある物置を見ていた俺たちだったが、ちょうどそこに使用人が何かを取りに来て……。

反射的にマフユに引っ張られ、ロッカーの中に隠れることになったのだった。

一度隠れてしまった手前、出て行くとかえってやましい感じになってしまう……ということで、俺たちはしばらく密着したままで、成り行きを待つのだった。

「こういうの、結構いいかも……むぎゅっ♥」

「おい、マフユ……」

彼女はぎゅっとこちらに身を寄せる。

大きなおっぱいが俺に押しつけられて、むにゅりと柔らかくかたちを変えた。

その気持ちいい感触を味わっていると、外のことに意識が向かなくなっていく。

「んっ……」

密着状態なので、マフユの細くて柔らかな身体を直に感じる。

そして女の子特有の、甘やかな匂いも堪らない。これほどの美少女では、なおさらだ。

狭いロッカーの中なので、いつも以上に魅惑的な香りが俺を誘惑するのだった。

「お兄ちゃん……」

彼女は上目遣いに俺を見た。狭いロッカーの中で密着し、柔らかさを感じながらのそれは反則だ。

それにえっちな関係になったせいで、密着して「お兄ちゃん」と呼ばれるのもぞわぞわしてしまう。

俺の欲望が、ムラムラと湧き上がっていく。

「んっ、お兄ちゃん、あたしの身体に、何か硬いものが当たってるよ♪」

「う、マフユ……」

彼女はすぐにそれに気付くと、腿ですりすりと俺の股間を擦ってきた。

「くっついて、興奮しちゃったんだ？」

そう尋ねてくるマフユの顔も、この状況に興奮しているようだった。

「大きくなったおちんちんを、ん、しょっ……」

彼女は俺のズボンをくつろげると、肉竿を引っ張り出した。

「わっ、熱いおちんちん……ふふっ♥」

妖艶な笑みになり、その手で肉竿をつかんだ。

「すぐそばに人がいるのに、おちんちんこんなに勃起させて……♥」

マフユの細い指が絡みつき、肉竿を刺激してくる。

「しーこ、しーこ……もっと密着しながら、ん、お兄ちゃんの耳元に口を寄せて……」

彼女はその身体を押しつけながら、軽く背伸びをして俺の耳元で続ける。

「おちんちんしーこ、しーこ……狭いロッカーの中で、んっ♥　身体をくっつけながら……こっそりと気持ちよくなっちゃえ♪」

マフユは嬉しそうに言いながら、手を動かしてくる。

「しーこ、しーこ……こうやっておちんぽしごかれてたら、お兄ちゃん射精しちゃうのかな？　そうなの？　気持ちいいの？」

「ああ……我慢できないかもな」

彼女の手コキで高められながら、俺はうなずいた。

狭い中で密着していることや、気付かれそうなほどすぐそばに人がいること。

そんな普段とは違うシチュエーションに、昂ぶっていく一方だった。

「おちんちんしこしこ……あたしとくっつきながら、おちんぽしごかれて、いっぱい気持ちよくなっちゃえ♥」

彼女は手コキの速度をあげながら、うっとりと俺を見た。

「お兄ちゃんのドキドキが、あたしにまで伝わってくるみたい。ふー♪　おちんちんしーこ、しーこ……えいっ♥」

マフユは楽しそうに言いながらも、カリ裏などの敏感なところもしっかりと刺激してきていた。

「ロッカーが開いたら、こんなところでガチガチおちんぽ気持ちよくしてたの、バレちゃうね……

ふふっ♪」

そう言いながら、さらに手の動きを速めてくる。

「しーこ、しーこ、しこしこしこしこっ♥　ロッカーの中で、いっぱい出しちゃえ♪」

マフユの手淫に、俺の昂ぶりは増していく。

このまま身を任せるのも悪くない。

だが、この状況に興奮している彼女をいじるのも面白そうだ。

というわけで、俺は手を回し、彼女の股間へと手を動かしていく。

「あっ、お兄ちゃん、んっ……♥」

ショートパンツをくつろげ、手を滑り込ませる。

そしてその割れ目をなで上げた。

「んぁ……ふぅっ、んんっ……」

彼女は小さく声を漏らす。

驚きとともに、手が止まりつつもきゅっと肉棒を握ってきたのが気持ちいい。

「マフユも、かなり興奮しているみたいだな」

俺は余裕を見せるようにしながら、そう言う。

実際、彼女のそこはもう充分な湿り気を帯びていた。

「あん、だって、ん、お兄ちゃんと密着して、こんなガチガチおちんちん触ってたから……♥」

マフユはそんな可愛らしいことを言いつつも、再び手を動かして肉棒をしごいてくる。

可愛さといやらしさのギャップに、俺の興奮はより高まっていった。

「あふっ、ん、はぁっ……あぁっ♥」

「あまり大きな声を出すと、気づかれるぞ」

そう言いながらも、俺は彼女の下着をずらして、くちゅくちゅとおまんこをいじっていった。

愛液がすぐに指先を濡らしていく。

「あんっ、ん、んぁ、お兄ちゃん、だめぇっ……あっ♥　ん、はぁっ……」

彼女は俺の言葉に恥じらいを見せ、声を抑えようとする。

嗜虐心をくすぐられた俺は、さらに蜜壺をかき回していった。

「あっ♥　ん、んんっ……♥　きこえ……ちゃう……んぅっ、んんっ……」

マフユは自らの口を押さえるようにして、声を押し殺す。

その健気な姿を見ながら、俺は手を意地悪に動かしていく。

ロッカーの外でガタッと音がして、反応したおまんこがきゅっと指を咥えこむ。

「んっ、ん、はぁ……あぁ……」

「もう、部屋から出て行ったみたいだな……」

どうやら使用人は用事を終えて、物置を出たようだ。

「もう、お兄ちゃん……♥」

彼女はとがめるようなことを言うが、その声は快感でとろけている。

「もう我慢できそうにない」

俺は腰を動かすと、そそり勃つ肉棒を彼女に押し当てる。

そして狭いロッカーの中で、彼女の足を抱えるように持ち上げた。

「あん、あっ、んぅっ……♥」

片足を持ち上げると、そのぬれぬれおまんこが無防備になる。

俺はそんな彼女の膣口に、肉棒をあてがった。

「あぅっ……お兄ちゃんの、硬いおちんぽ♥　ん、はぁっ……！」

そしてそのまま、挿入していく。

「あぅっ、ん、はぁっ……♥」

彼女は俺の身体へと手を回し、自らもずいっと身体を密着させてくる。

うねる膣襞に歓待を受けながら、肉棒が迎え入れられていった。

「あぁ……ん、こんなところで、しちゃってる……♥」

マフユに抱きつかれながら、俺も強引に腰を動かしていく。

「んはぁっ、あっ、ん、ふぅっ……♥」

絡みつく膣襞をかき分け、その中をずりずりと往復していった。

「んあぁっ、あっ、んぅぅっ♥」

ベッドでするのとは違った興奮に、俺たちはすぐに高まっていく。

「あっあっ♥　お兄ちゃん、ん、はぁっ、あぁっ！」

彼女が快感に身体を揺らし、嬌声をあげていく。

俺はピストンの速度を速めて、さらに蜜壺の奥をかき回していった。

ストロークが取れないために、どうしても奥ばかりを突いてしまう。

「んはぁっ、あ、ん、ふぅっ……」

狭いロッカーに身体が当たり、がたがたと音を立てた。

「あまり大きな音を立てると、気づいた誰かが、また様子を見に来るかもな」

「んはぁ、あ、だめぇっ♥　ん、ふぅっ、あぁっ……！」

そう言ってみると、マフユはさらに昂ぶり、おまんこがきゅっと締まる。

ばれるかもしれない、というシチュエーションに興奮しながら、俺たちは交わっていく。

「んはぁっ♥　あっ、ああっ！　お兄ちゃん、ん、はぁっ♥　あたし、もう、ん、ふぅっ、あんっ、あぁっ！」

嬌声をあげながら、ぎゅっと抱きついてくるマフユ。

身体を預けるように寄りかかってくると、肉棒が膣奥までぐっと入り込む。

「あふっ♥　ん、はぁっ……あぁっ！　あたし、もうっ、んはぁ、ああ、イっちゃうっ……♥　あっあっ♥　んはぁっ！」

「う、そんなに締めつけられると、俺もイキそうだ」

たっぷりと潤っている蜜壺が、肉棒を締めつけて精液をねだる。

俺はその昂ぶりに合わせて、腰を打ちつけていった。

「んはぁっ♥　あっ、ん、あぅっ！　お兄ちゃん、ああっ……♥」

マフユが大きく声をあげながら、俺にしがみついて上り詰めていく。

「んはぁっ、ふぅっ♥　もう、だめっ、あっあっ♥　あたし、イクッ！　んぁ、あっ、んくぅっ！」

嬌声をあげて乱れるマフユ。俺もラストスパートで、その膣内を擦りあげながら責める。

「んはぁっ♥　あっ、ん、ふぅっ……♥　もう、だめっ、イクッ！　あっあっ♥　んぁ、イクッ、イックウウゥウゥウゥッ！」

マフユは俺にしがみつきながら絶頂した。

膣内がさらに狭く締まり、精液を早くと、ねだるかのように蠢いている。

その絶頂の締めつけを楽しみつつも、促されるように俺も限界を迎えた。

「うっ、マフユ、出すぞ！」

どぴゅっ、びゅるるるるるっ！

俺はぐっと腰を突き出し、そのまま中出しをしていく。

「あぁっ♥　お兄ちゃんの、熱い精液、ん、あふぅっ……♥」

ほとばしりを受けながら、マフユは快楽に溺れていった。

「んはぁっ……♥　あっ、んぅっ……」

俺は彼女を強く抱きしめ、精液を余さず膣内に注ぎ込んでいった。

「はぁ……はぁ……あふぅっ……お兄ちゃん……♥」

快楽の余韻に浸りながら、マフユが甘えるようにしてくる。

俺はそんな彼女を、しばらくは抱きしめていたのだった。

第四章　家族ハーレムでエロエロな暮らし

こうして三人の婚約者候補それぞれとの暮らしが終わったところで、俺は本家に呼び戻されて、父親と話すこととなった。

「婚約者だが……どうだった？」

一応、大まかな報告は受けているだろう。何も問題は起こっていない。

だが、結婚というのはやはり本人同士、実際の相性などが重要だからな。

特に、平和が長く続いているこの世界では、貴族家同士の権力バランスや派閥関係での結婚は、あまり重要ではない。

そういうプラスの駆け引きよりも、変にこじれてマイナスにならないことのほうが大切とされているのだった。どの貴族家も、現状維持で満足している。

「はい。俺は、三人ともと結婚しようと思います」

だから俺がそう答えると、ヴェスナー侯は少し驚いたような顔をした。欲張りに思えたのかもしれない。しかし俺の様子を見て、うなずいてくれる。

「そうか。なら、そうしよう。当面の暮らす場所は、あの屋敷のままでいいだろう」

比較的あっさりと、それを受け入れてくれた。

最初から、三人でもいいと言っていたしな。無理に全員と結婚する必要はないが、この時代でも一夫多妻を上手く活かせられるなら、それはそれで貴族家としては都合も良い。

そんなわけで、俺は三人の美女と結婚し、彼女たちと正式に暮らすことになるのだった。

●

そうして俺たちは改めて家族になることとなり——。

そのまま屋敷で、四人で暮らすことになったのだった。

様々な手続きが進んでいき、今度こそ四人全員で屋敷に集まる。

「これでやっと、一緒に住めるわね♪」

チアキさんが上機嫌に言って、そのまま俺たち三人をまとめて抱きしめた。

現世の頃なら、こういうのはさりげなく避けていたものだが、今は素直に受け入れる。

「わっ……」

アヤカが抱きしめられて、小さく声をあげる。

俺はほぼ中心になり、チアキさんとアヤカ、マフユ三人の身体にむぎゅむぎゅと包み込まれる。

その心地よい息苦しさを感じながらも、しばらくは身を任せていた。久々に揃った家族の実感が湧いてきたのだ。

「三人とも、ママがいっぱい甘やかしてあげる♪」

とても上機嫌はチアキさんを見て、俺はあらためて、こちらの世界に転生できてよかったと思えた。本当なら、前世のときでもこのくらいしっかりと向き合い、受け入れることができていたらよかったのだけれど……。

まあ、思春期だった頃には難しい部分もあっただろう。

けれど今は違う。

やり直しというわけではないけれど、これからは変えていける。

まあ……。

もちろん、新しい関係が素晴らしいというのもある。

むにゅむにゅと当たるおっぱいたちが、とても気持ちいい。

かつてなら気恥ずかしさから抑え込む気持ちがあった欲望を、今はまっすぐに楽しむことができていた。

そうして俺たちの、四人での生活がはじまるのだった。

●

彼女たちは日によって、代わる代わる俺の部屋を訪れるようになった。

しかし今日は、チアキさんとマフユが一緒に部屋に来てくれる。

ふたり一緒ということに、少し驚いた。

「ハルくん」

「今日はあたしたちふたりで、一緒に過ごすことにしたの♪」

元々スキンシップが多く、積極的なふたりだ。違和感はないが、えっちなこととなると……。

俺はともかく、ふたりはほんとうの親子だったわけだし。

しかし、そんな彼女たちが躊躇《ためら》いなく、そろって迫ってくる。

「さ、ベッドに行きましょ」

「私たちがいっぱい、気持ちよくさせちゃうんだから♪」

そんなふうに美女ふたりに求められ、男としてはやはり期待してしまう。

俺は促されるままベッドへと向かった。

「それじゃ、さっそく脱がしていくわね♪」

そう言うと、チアキさんが俺の服に手をかけてくる。

俺は身を任せ、そのまま脱がされていった。

そのチアキさんの後ろに、マフユが回る。

「あっ、もうっ……」

そして俺を脱がしているチアキさんを、今度はマフユが脱がし始めた。

チアキさんは少しくすぐったそうにしながら、脱がされていく。

「えい♪」

「おぉ……」

そしてマフユが服をはだけさせたので、チアキさんのおっぱいがたゆんっと揺れながら現れた。

ボリューム感のある爆乳がすぐそばで揺れると、やはり視線を奪われてしまう。

柔らかそうに揺れるその双丘を見ている内に、俺のほうもすっかり脱がされてしまった。

「なんだかママも若くなっちゃって、変な感じ。おっぱいもこんなに……」

「あっ、マフユちゃん……」

マフユが後ろから、チアキさんのおっぱいを持ち上げるようにいじっていく。チアキさんは軽く声をあげるものの、特にマフユを止めようとはせず、されるがままになっていた。

「わ、すっごく柔らかい」

マフユの手が、むにゅむにゅとチアキさんのおっぱいを揉んでいく。

「もう、ん……」

マフユの手に愛撫され、かたちを変えていくおっぱいはとてもエロい。

おっぱいそのものも魅力的だというのに、さらには女の子同士でいちゃついているというシチュエーションは反則的だ。美女ふたりとのえっちは、想像以上にすごそうな予感がした。

そんな光景を見せられていると、当然、俺の肉竿も反応してしまう。

「あっ、お兄ちゃんのおちんちん、大きくなってる♪」

すでに脱がされているため、その変化はすぐに見つかってしまう。

「ハルくん、こんなに逞しくなって……♥」

「うっ……」

チアキさんの手が、俺の肉竿に触れる。

そのしなやかな指先の感触に、思わず声が出た。

「ママのおっぱいで大きくなったんだ？　それならほら、もっとこうやって、むにゅー♪」

「あんっ♥」

「おおぉ……」

マフユがさらにアピールするように、チアキさんの胸をこね回していく。

柔らかそうに形を変えていくおっぱいは、やはり何度見てもとてもいい。

そんなふうに思っていると、チアキさんの手が優しく肉棒を刺激してくる。

「ん、しょ……」

俺の快感のツボをおさえた、心地よい刺激。

すぐに射精に導かれるようなものではないが、美女の手に緩やかな刺激を与えられるのは、とても官能的だった。

「しーこ、しーこ……」

ゆっくりと手を動かすチアキさんとは対照的に、マフユのほうは大胆におっぱいを揉みしだいている。

「ママのおっぱいって、柔らかくて気持ちいいね……ほら、むにむにー♪」

「マフユちゃん、ちょっと……んっ……」

さすがにこうも大胆に揉みしだかれては、チアキさんもスルーできないらしい。

色っぽい声を漏らしていて、それがとてもそそる。

「ん、もうっ……しこしこっ♥」

「あぁ……すごくいいよ……チアキさん」

チアキさんも愛撫され気持ちよくなっているのか、手コキのほうも速くなっていった。

しゅっしゅとリズミカルに擦りあげながら、チアキさんの手は小さくひねりを入れてくる。

その気持ちよさに、俺の欲望はどんどんと膨らんでいった。

「わっ、そうすると気持ちいいんだ……？　お兄ちゃんの顔、緩んできてる……♥」

マフユはチアキさんの手コキと俺の様子を見守りながら、手を動かしておっぱいを揉んでいく。

マフユとだって交わり、気持ちよくしてもらったことはあるのだが、こうしてあらためて観察されるのは少し恥ずかしいものだ。

それに加え、チアキさんの手コキは容赦なく俺を責めてくる。

「しこしこしこっ♥」

「う、あぁ……！」

目の前にむにゅむにゅとかたちを変えるおっぱいがあり、その上で手コキで責められていると、二重に昂ぶってしまう。

俺はチアキさんのおっぱいへと手を伸ばし、マフユと一緒に揉んでいった。

「あんっ♥　ハルくんまで、ん、はぁっ……」

「あはっ、ママってば、可愛い声出てる♪」

マフユはその反応を楽しみながらも、手を動かして俺のたのスペースを作りつつ、チアキさんの胸を責めていく。

「もう、ん、はぁっ……そんなにおっぱいが好きなら、ハルくんのおちんぽ♥　おっぱいで気持ちよくしてあげる♪」

そう言うと、チアキさんは一度ペニスから手を離した。

そしてマフユに声をかける。

「ほら、マフユちゃんも♪」

「ん、わかった」

すると彼女もうなずいて、自らの服をはだけさせる。

「おぉ……」

マフユのおっぱいがたゆんと揺れながら現れ、視線を奪われてしまう。

ふたりの大きなおっぱいが、俺の前にさらけ出されていた。

「あはっ、お兄ちゃん、えっちな顔になってる♪」

「ハルくん、やっぱりおっぱい好きなんだね」

「ああ、もちろん」

俺は素直にうなずいた。

目の前にこんなたわわな双丘が現れて、反応しないはずがない。

しかも、ふたりの美女がおっぱいを出しているのだ。

普通ならまずない状況に、欲望は高まる一方だった。

「それじゃ、このおっぱいで気持ちよくしてあげるわね。……えいっ♪」

「あたしも、えいっ♥」

ふたりはその巨乳を持ち上げて、そのままむにゅんっと俺の股間へと寄せてくる。

「うぉ……！」

柔らかな膨らみが左右からむぎゅぎゅぎゅっと肉竿を包み込む。

「わっ、熱いおちんぽ♥」

「硬いのが、おっぱいを押し返してくる……ぎゅー♥」

ふたりはさらに胸を押しつけて、その柔らかさを伝えてくる。

肉竿はふたり分のおっぱいに挟み込まれ、柔らかな圧迫を受けていた。

「ふふっ、こうやって動かすと」

「うぁ……チアキさん……！」

「あたしもあたしも、えいっ♥」

「おぅっ……！」

ふたりはそのたわわな果実を自ら支えて、動かしてくる。

柔らかな双丘がふたり分、肉棒を包み込んで動いていった。

「ん、しょっ……」

「えいえいっ♪」

「ふたりとも、あぁ……！」

彼女たちはそのまま、パイズリを行っていく。

「あぁ、硬いおちんちんが、おっぱいをぐいぐい押し返してくる……ん、ふぅっ♥　本当、元気で逞《たくま》しいおちんちん♪」

「あたしたちのおっぱいに埋もれて、いっぱい気持ちよくなって。むぎゅー♪」

「あぁ……！」

マフユが乳圧を高めながら、肉棒をしごいてくる。

「滑りをよくするために、あむっ、じゅるっ♥」

「あぅっ、チアキさん、それ……」

チアキさんのほうは、双丘からはみ出た先端を咥え、じゅるっとしゃぶってきたのだった。

温かな口内が、肉竿を刺激しながら濡らしてくる。

彼女が口を離すと、唾液が肉竿を伝っていった。

「ふふっ、これで動きがよくなったわね♥　ほらっ！」

「ん、あたしも、もっと動いて、あんっ♥　おちんぽ、ぬるぬる暴れてる♥」

「ふたりとも、あぁ……！　うっ……！」

唾液で滑りがよくなった肉棒を、彼女たちは大胆に擦りあげてくる。

柔らかな圧迫感ある乳肉が、肉棒をどんどんと高めてきた。

「これ、ん、ママのおっぱいがあたしにもこすれて、んっ……」

「マフユちゃん、えいっ♪」

「ひゃうっ！」

チアキさんがマフユのおっぱいを責めるように動かすと、彼女は可愛らしい声をもらした。

「ふふっ、ほら、たっちゃってる乳首をこうして、ん、はぁっ……」

「あふっ、ん、ママ、それ、ああっ！」

俺のチンポを挟みながら、彼女たちが胸を押しつけ合って乳繰り合っている。

そのエロ過ぎる光景に、昂ぶりを抑えられない。

「あん、ん、ほら、ハルくんもおちんちんの段差をこうして、むにゅぅっ♥」

「あ、あたしも、お兄ちゃんのおちんぽ、むぎゅぎゅっ♥」

「我慢汁がたらたら出てきて、もっとえっちなヌルヌルになってるわね♥　それに、んっ、男の子の匂い……♥」

「お兄ちゃんのおちんちん、もう出ちゃいそうなんだね……♥　ん、ふぅっ、最後はこうやって、もっと圧迫して……」

「ふたりのおっぱいで、ガチガチおちんぽをむぎゅっと挟んで……このまま、ん、大きく動かすわね……えいっ♥」

「あぁ、ふたりとも、そんなにされたら……」

彼女たちは乳圧を高めながら、大きくおっぱいを使って刺激してくる。

ふたりからのパイズリに耐えられるはずもなく、俺は限界を迎えていく。

「あっ♥　ん、ふぅっ、えいっ……♥　ふたりのおっぱいに挟まれて、いっぱい気持ちよくなってね♥　ほら、んっ……」

「お兄ちゃん、イっちゃえ♥　むぎゅぎゅっ、えいえいっ♥」

「ああ、出るっ……！」

俺はそのまま、彼女たちのパイズリで射精した。

「わっ、すごい勢い♥」

「びゅーびゅー出てる♥」

勢いよく飛び出した精液が、ふたりの顔とおっぱいにかかっていく。

「あぁ、熱くてどろどろの精液、こんなにいっぱい……♥　れろっ」

チアキさんは、爆乳にかかった精液を舐め取った。

その仕草がすごくエロく、出したばかりだというのに俺の昂ぶりはまったく治まらない。

「お兄ちゃんのここ、あんなに出したのに元気なままだね」

マフユがそう言いながら、指先で肉棒をつついてくる。

「ああ、そうだな……」

「それじゃあ次は……ね？」

チアキさんが妖艶な笑みを浮かべて、俺を誘った。

「あたしたちのおまんこで、おちんぽ、いっぱい気持ちよくなってね」

そう言ったふたりが、服を脱いで横になる。

チアキさんが仰向けになり、マフユはその上に覆い被さるように重なった。

俺はそんなふたりを、真後ろから眺める。

彼女たちのおまんこが、重なるようにしてこちらへと向いていた。

どちらのおまんこも、もうすっかりと濡れて準備万端だ。

すでにどちら穴も、俺はその気持ち良さを知っている。そのおまんこを差し出されれば、応えるのが男というもの。

俺はふたりに近寄ると、ギンギンに反り返った肉竿を、まずはふたつのおまんこの間へと差し込んでいった。

「あんっ……♥」

「熱いおちんぽ♥　当たってる……」

肉竿がふたりのおまんこに、上下から挟み込まれる。

挿入ほどの刺激はないものの、ふたりを同時に抱いているというシチュエーションは、ものすごく興奮した。

そして俺はそのまま、腰を前後へと動かしていく。

「ん、あぁっ、ハルくん、あぅっ……」

「お兄ちゃんのおちんちんが、あたしのアソコ、擦って、んっ……」

ふたつの恥丘を擦りあげながら、興奮のまま往復していく。

さらに角度をつけてその恥丘を押し開き、敏感な淫芽を刺激していった。

「んはぁっ♥　あっ、ハルくん、そこ、んぁっ！」

「あうぅっ♥　クリトリス、んぁ、だめぇっ……♥」

こりっとした肉芽を擦ると、彼女たちがあられもない声をあげる。

その声を聞きながら、さらに腰を動かしていった。

「んぁ、ああっ♥　そんなに、あぅっ、クリを擦られたら、あっ、ん、はぁっ……♥」

「あふっ、お兄ちゃんの腰ふり、すごくえっちだよぉ……♥　んぁ、ああっ！」

彼女たちは嬌声をあげながら、ぐいっと互いのおまんこを合わせるようにして、肉棒を挟み込んでくる。

「おぉ……！」

その気持ちよさに声をもらしながら、俺はピストンを行っていった。

「あぁ、ん、はぁっ！」

「んくぅっ！　あふ、ん、あぁ……！」

そうして腰を動かしていったところで、つぎはいよいよ挿入へと移っていく。

俺はまず、チアキさんのおまんこに狙いを定め、腰を突き出していった。

「ハルくん、んぁ、ああっ……♥　硬いの、当たってる……！」

濡れた膣口に亀頭をあてがうと、そのまま挿入していく。

「あふっ、ん、はぁ……。おちんぽ、入ってきてる……！」

チアキさんが色っぽい声を漏らしていく。

熱い膣襞が肉棒を包み込み、刺激してくる。

俺はその中を、ゆっくりと動いていった。

「んはぁ、あっ、ん、ふぅっ……♥」

ピストンを行うと、潤んだ秘肉の気持ちよさが伝わってくる。

「ハルくん、ん、はぁっ、あっ……♥」

「ママってば、おちんぽ入れられて気持ちよさそう♪」

「あ、マフユちゃんまで、んっ……♥」

そんな様子を、すぐ上に覆い被さっているマフユに見られ、彼女は恥ずかしそうに反応した。

それに合わせて、膣内もきゅっと締まる。

「おまんこズブズブされて、感じちゃってるんだ♪」

「そんなこと、あっ、ん、はぁっ……言わないでぇ♥」

マフユの言葉に、チアキさんは恥ずかしがる。

しかしおまんこのほうは、しっかり反応して肉竿を締めつけてくるのだった。

チアキさんは、羞恥からも感じているらしい。相手は元娘なのだから、なおさらだ。

俺はそんな彼女の膣内を往復し、一段と熱くなった膣襞を擦りあげていった。

「あっ♥　ん、はぁっ、ふぅっ……」

チアキさんが艶のある声を漏らすと、マフユは色っぽく笑った。

「ふふっ、ママってば可愛い反応しちゃってるね♪　そうだ！　あたしもこうやって、れろっ、ちゅぅっ……」

マフユはチアキさんの胸へと、愛撫を始めたらしい。

折り重なった体勢で、いちばん自由な状態の彼女が動いていく。

「んはぁっ♥　あっ、マフユちゃんっ、んっ、おっぱいすっちゃだめぇっ♥」

胸への愛撫を受けたチアキさんが嬌声をあげ、それに合わせて膣襞もきゅっと締まり、肉棒を締めあげてくる。

その快感の連動で、俺の腰も速くなった。

「あぁっ！　ハルくんっ、んぁ、そんなふうにおまんこ突かれたら、んっ、はぁっ……」

ふたりがかりで気持ちよくされ、チアキさんが淫らに喘いでいく。

「ママ、ほら、れろっ、ちろろろっ！」

「ひう、んぁ、あああっ！」

「チアキさん、いつもより、すごい締めつけてくる……」

「あっ♥　だ、だってこんなの、んぁっ！」

「ママってば、すっごくとろけた顔になっちゃってる♪　ほら、もっとこうして、んむっ、れろっ、ちゅぅっ！」

「あぁっ♥　ふたりとも、そんな、ダメぇっ♥」

チアキさんはたまらず嬌声をあげ、身もだえていく。

俺はピストンの速度を速め、彼女の膣内をかき回していった。

「んはぁっ♥　あっ、ん、くぅっ！　あぁ、そんなにされたら……私、んぁ、あっあっ♥　イっちゃう、ん、あぁっ！」

「お兄ちゃんのおちんちんで、いっぱい感じちゃってるんだね」

「あぁ、んは、あうぅっ！」

感じているチアキさんの膣内が、肉竿に絡みついて精液を求めてくる。

俺はその期待に応えるように、大きく腰を動かしていった。

「んはぁぁっ！　あっ、ん、くぅっ！　イクッ！　もう、イクッ！　んはぁ、あっあっ♥　あふっ、んはぁっ！」

「あぁ、すごいとろけた顔になっちゃってる♪」

楽しそうに笑うマフユのお尻も眺めながら、俺はチアキさんのおまんこを何度も突いていく。

なんだか、不思議な感覚だ。それでも、快感を求めてピストンを繰り返した。

「あふっ、はぁっ♥　あっ♥　もう、だめっ、イクッ！　イクイクッ！　イックウウゥゥッ！」

「うっ、あぁ……！」

ドビュッ！　ビュルルルルルッ！

チアキさんの絶頂に合わせ、俺は射精した。

「んはぁぁあっ♥　あっ、あぁ、出てるっ！　イってるおまんこに、せーえき、びゅるびゅる出されてるぅっ♥」

中出しされて、チアキさんはさらに身体を跳ねさせて感じていた。

「あぁ……すごい、ママ……きれいで……♥」

チアキさんの絶頂を見て、マフユが楽しそうな声を漏らした。

俺はふたりの美女を抱く贅沢感に浸りながら、チアキさんの中に精液を出しきっていくのだった。

●

かつては家族であった俺たちだが、男女としての仲も深まっていく。

そうなると、よりえっちになって俺に迫ってくるようになっていた。

そんなわけで、彼女たちと代《か》わる代《が》わる、いちゃらぶハーレム生活を送っている。仲睦まじいともいえるが、もともとが他人でないぶん遠慮もない。

三人ともえっちなことが大好きであり、それは真面目なアヤカも例外ではなかった。

他のふたりに比べれば、彼女は少し恥ずかしがり屋なタイプだ。

それが素敵なところではあるのだけれど、エロさもあって、ついつい恥ずかしがる姿を見たくなってしまう。

先日の3P以降は、チアキさんとマフユは一緒に来て三人ですることも多くなった。

だが、アヤカだけは必ずひとりで来る。

そしてふたりきりの部屋で、俺にだけエロい姿を見せてくれるのだ。

ふたりだけならば彼女も積極的で、どんどんとえっちなことも覚え、俺に乱れた姿を見せてくれている。

しかし今でも、マフユやチアキさんがいる場面では、どうしてもおとなしくなってしまう。

俺は一計を案じて、そんな彼女と、寝室とは違う部屋でふたりきりになった。

まだ日も高く、窓からは陽光が差し込んでいる。

「ハルト、んっ」

ふたりきりだということで安心しているのか、抱きついて甘えてくる。

むにゅっと大きなおっぱいが当たるのと同時に、彼女は俺へと頰《ほほ》をスリスリしてくるのだった。

普段はクールに振る舞っているが、ふたりきりで甘えてくるときのアヤカは、ギャップもあってとても可愛らしい。

俺はそんな甘えん坊になった彼女を抱きしめながら、軽く頭をなでてやる。

「んー♥」

そのまま俺にくっつき、気持ちよさそうにしている。

「ハルト、ぎゅー♪」

可愛らしく甘えてくるアヤカ。こういうところは、マフユと姉妹だなと思う。

しかしそんな可愛さもありながら、おっぱいは男を誘うように押しつけられていた。

乳房の柔らかな感触は、俺を興奮させてしまう。

「あっ、もう、ハルトってば……」

彼女はそれに気付き、軽く身体を揺らしてきた。

「なんだか硬いのが、わたしに当たってるぞ？　ほら、ここ♥」

「う、アヤカ……」

彼女はすりすりと、俺の股間を刺激してくる。

「ちょっと抱きついただけで、ここをこんなに大きくして……ハルトはすっごくえっちだね。すりすり、なでなで」

彼女はいたずらっぽく言うと、股間をさらに刺激してくる。

「アヤカ……俺」

「ふふっ、わかってるよ……男の子はこうなっちゃうと、射精したくて苦しいんだろう？　ちゃんとわたしが、責任、取ってあげるよ♪」

「あぁ……頼む」

彼女は抱擁をとくと、そのまま少しかがみ込んだ。

そしてズボンを押し上げる膨らみを、間近でじっと眺める。

「もうこんなにテントを張って……期待でガチガチになってるじゃないか♪」

彼女は楽しそうに言うと、そのまま俺のズボンへと手をかける。

そして前をくつろげ、手馴れた感じで肉竿を取り出した。

そそり勃つ肉棒が、跳ねるようにして飛び出す。

「わっ♥　びよんって、おちんぽ飛び出してきたね……♪」

彼女は顔のすぐそばにある肉竿に、指をのばしてくる。

「つんつん……うん、逞しいおちんぽ♥」

彼女の指先は、肉棒を軽く刺激してくる。

美少女の顔の、すぐそばに勃起竿がある光景は、とてもいい。

「んっ、こんなにガチガチにして……♥」

彼女の手が、きゅっと肉棒をつかんでくる。

細い指の締めつけと、小さな手の温かさを感じて、さらに滾《たぎ》ってしまった。

「ハルト、ほら……」

アヤカはその小さな手で、ゆっくりと肉竿をしごいてくる。

ふたりきりのときだけの、色っぽい表情を浮かべて。

「ん、しょ……しーこ、しーこ……」

ゆるやかな手コキを行いながら、俺を見上げた。

「気持ちいいときのハルトの顔、セクシーでとても好き♪」

そんなことを言いながら、彼女は妖艶な笑みを浮かべる。

「うっ……そうか」

その顔がまた、欲望を刺激してくる。

「ん、しょ……しーこ、しーこ。ハルトのガチガチおちんちん……♥　こうして、ん、しーこ、しーこ……」

「あぁ……」

アヤカの繊細な手コキに感じていると、彼女は俺を見上げながら言った。

「今度はお口で、もっと気持ちよくしてあげよう……こうやって、れろぉっ♥　おちんぽをなめなめして、ぺろっ……」

アヤカは舌を伸し、肉竿に舌を這わせてくる。

「ん、ちろっ……ぺろっ……ふふっ、ハルト、ほら、れろぉ♥」

「あく……おおおっ」

こちらに見せつけるように大きく舌を伸し、舐めあげてくる。

舌の気持ちよさとそのエロい姿に、下半身の欲望は高まる一方だ。

「れろっ、ちろっ……ぺろぉ……」

「れろっ、ちろろっ……ぺろっ……んっ、おちんぽ、わたしの舌でいっぱい舐めて……ぺろっ、れろぉっ♥」

「いいな……すごくいいよ」

その気持ちよさに浸り、俺は身を任せていく。

「れろっ、ちろっ……ふふっ、おちんぽ舐められて、気持ちよさそうな顔しちゃってる……♥　れろぉ♥」

アヤカの舌になめ回され、気持ちよくなるとともに、さらなる刺激が欲しくなってくる。

先端を舐められるのはもちろんとても気持ちがいいが、射精できるほどの刺激ではまだない。

「ん……ああ、気持ちいいよ、アヤカ」

「ん、じゃあ……あーむっ♥」

そんな余裕ある俺の様子を見てとった彼女は、小さなお口を開けると、ぱくりと肉竿を咥えてくれたのだった。

「あむっ、じゅるるっ……」

そしてそのまま、口内に唾をたっぷり含ませて、チンポをしゃぶってくる。

「れろっ、ちゅぱっ……」

亀頭が温かな粘膜に包まれ、唇では幹を刺激される。

「ちゅぷっ、ん、ふぅっ……」

彼女はそのまま、ゆっくりと頭を動かしていった。

「んむっ、ちゅぷっ……ちゅぱっ……♥」

愛情あふれるフェラの気持ちよさに、俺は身を委《ゆだ》ねていく。

立ったままの俺の足もとにかがみ込んで、男根にしゃぶりついているアヤカ。

征服感まで満たされるような、最高のご奉仕だ。

「じゅぷっ、ん、れろっ、ちゅぱっ……♥　ハルトのガチガチおちんぽ♥　こうやっていっぱいしゃぶって、じゅるっ、ちゅぱっ！」

「あぁ……」

「もっともっと、気持ちよさでとろけた顔にしてあげる……じゅるっ、れろっ、ちろろろっ、じゅぷぷっ♥　ハルトのおちんちん、大好きだしね♥」

「アヤカ、そんな、う、あぁ……」

大胆に頭を動かすアヤカのフェラに、すっかりとろかされていく。

唇が幹をしごきあげ、先端をべろりとなめ回される。

「じゅる、れろっ、ちゅぷっ♥」

小柄な彼女が必死にチンポをしゃぶる姿は、とてもエロい。

「アヤカ、そんなに、う、ドスケベにしゃぶってくるなんて……」

「じゅる、ん、わたしをドスケベにしたのは、ハルトだからな……じゅるっ、れろっ、ちゅぶぶぶぶっ！」

「あぁ……！」

彼女はいたずらっぽく笑うと、さらに激しくフェラをしてくる。

「じゅるるっ、れろっ、ちゅぶっ、ちゅぅっ！　れろれろれろっ！　おちんぽ、なめ回されて、ちゅぱっ、ちゅるっ」

「う、あぁ……！」

「れろっ、ちゅぷっ、気持ちよくなって、いっぱい出しちゃえ♥　ちゅうぅぅぅぅっ！」

「アヤカ、うあぁ……！」

トドメのように、彼女は勢いよくバキュームを行ってくる。

その気持ちよさに、思わず腰を引いてしまった。

「だめ、逃げないで。……というか、逃がさないよ♥　ほらほらぁ♥　ちゅぱっ、れろっ、じゅる

「う、あぁ……！」

彼女は俺の腰をつかむと、ぐっと自分のほうへとひき寄せる。

そして喉の深くまで肉棒を咥えこみながら、吸いついてくるのだった。

「じゅるるるっ、ちゅぶっ、ちゅぱっ♥　ふふっ、刺激が強すぎて、ハルトってば、かわいくなっちゃってる♥　じゅぶっ、れろっ……！」

容赦ないバキュームフェラに、精液がこみ上げてくる。

欲望を吸い出されるような、その快楽。

腰を押さえてまで搾り取ってくるアヤカのドスケベな姿に、俺は為す術もなかった。

「ん、もう逃げないね♥　じゅぶっ、れろっ、ちゅばっ、じゅるるっ！　おちんぽ、吸いつくすように、ちゅぅぅぅっ！」

「う、あぁ、出るっ……！」

「ん、いいよ♥　わたしのお口に出して……じゅぶっ、じゅるるるっ！　せーし、いっぱいちょうだい！　れろっ、じゅるっ、じゅぼぼぼぼぼぼっ♥」

アヤカは下品なくらいにチンポをしゃぶりつくし、吸いついてくる。

「じゅぶぶぶっ、じゅるっ、ちゅぼっ♥　精液、吸い出してあげる♥　じゅるっ、じゅぼじゅぼっ！　じゅるるるるるるっ♥」

「あぁ……！」

そのバキュームに耐えきれず、俺は射精した。

「んうっ!? ん、んむっ♥ ちゅぅぅっ♥」

勢いよく喉まで精液を飛ばされ、アヤカは一瞬驚いたようになる。

しかしすぐにチンポに吸いつき、精液を飲み込んでいった。

「う、あぁ……出してるときに吸われると……」

「んんっ♥ じゅぶっ、ちゅぅっ! じゅるるっ♥」

「う、あぁ……」

射精中のバキュームは刺激が強く、腰を引こうとしてしまう。

けれど彼女は、逃がさないとばかりに俺の身体を押さえ、そのまま肉棒を吸ってくる。

「うぁ……まだでる……」

敏感なままのペニスをしゃぶられ、尿道に残る精液まで吸い尽くされてしまった。

その気持ちよさで力が抜けて、俺は壁に背中を預ける。

「んく、ん、ごっくん♪ あふぅっ……ハルトの濃い精液♥ ごちそうさま♪」

精液をすべて飲み込んだアヤカが、エロい表情を浮かべる。

出し尽くし、吸い尽くされたりばかりだったが、そんなアヤカを見ていると、オスとしての本能が疼くのだった。

「ハルト、ん、まだガチガチだね♥」

そう言って、彼女は唾液まみれの肉棒を擦ってきた。

くちゅくちゅといやらしい音が響く。アヤカもまだまだ続けたそうだ。

そうでなくては、わざわざこの部屋に来た意味がない。

「アヤカ、こっちの壁に手をついて」

「んっ……わかった」

俺が言うと素直に壁に手をつき、その丸いお尻をこちらへと突き出してきた。

短いスカートをまくり上げると、彼女の下着は一部がすでに濡れて張りつき、その奥に隠すべき女の子のかたちを、はっきりと浮かび上がらせてしまっていた。

「アヤカ、もうすごく濡れてるな……。チンポをしゃぶっただけで、こんなに感じていたのか」

「あうっ、だって、おちんちんのかたちはすごくえっちだし、ん、感じてるハルトの姿もいろっぽいから……」

そんなふうに言うアヤカだってとても可愛らしく、俺の欲望をくすぐってくる。

俺はたまらず、彼女の下着をずらすのだった。

「ん、あぁ……♥」

もうすっかりと濡れ、メスのフェロモンを放っているおまんこ。

とろりとあふれ出す愛液がいやらしい。

俺は滾る剛直を、その入り口へとあてがった。

「ハルトの硬いの、当たってる、んっ……」

「ああ、いくぞ」

「ん、あぁっ！」

そしてそのまま腰を押し進め、潤った蜜壺へと挿入していった。

「あぁ、ん、はぁっ……♥」

ぬぷり、と肉棒が狭い膣内へと飲み込まれていく。相変わらずのキツさだ。

そしてそのとき、隣の部屋からドアが開く音が聞こえた。

おそらく、チアキさんたちだろう。

時間的にも、お茶をしに来たのだと思う。

「ん、あぅっ……」

アヤカはそれに、気付いているのかいないのか。

「あふ、ね、ねえ、ハルト……今のって？」

彼女はこちらへと振り向く。

不安そうなところを見ると、どうやら隣室の音には気付いていたらしい。

「ここの隣って、ん、はぁ……」

「ああ、多分、チアキさんたちだろうな」

「えぇっ……そんな、ん、ふぅっ……」

彼女は少し戸惑ったような感じになる。

まあ、壁一枚隔ててチアキさんたちがいるとろでのセックスというのは、どうしても気になるところだろう。

普通なら場所を移すのが賢明なのだろうが……。盛り上がって挿入したばかりだし、一度身支度を調えてから……なんて気にはならない俺だった。

「あんっ♥　ん、はぁっ……！」

そしてそれは、チンポを咥えこんで喜んでいるおまんこからも、しっかり伝わってくる。

アヤカ自身に恥じらう部分があるのは事実だろうが、身体のほうはそれよりも快感を求めているようだ。

そして俺はもちろん、この状況を予測していた。だから、おあずけなんて望むはずがない。

隣を気にせずに、遠慮なく腰を動かし始める。

「んはぁ、あっ、ん、ハルト……。んぅっ……♥」

彼女は一瞬だけ、隣の部屋を気にするようなそぶりを見せたものの、膣襞を擦りあげられるともう、快感に身を任せることにしたようだった。

「あふ、ん、はぁっ、あぁ……」

それに、隣の部屋だといっても、壁はそれなりに厚い。

普通に話しているくらいの声量なら、隣にまで聞こえることは、まずなかった。

「あぁ、ん、はぁっ……♥　ハルトのおちんぽ、ん、あぁっ、わたしの中を、いっぱい擦って、ん、くぅっ、あぁっ……♥」

「う、アヤカのおまんここそ、すごく吸いついてくるぞ」

きゅうきゅうと締めつけてくる膣襞に、肉棒をこすりつけていく。

「あふ、ん、あぁ……。ハルトの大きなおちんぽに、わたしの中、いっぱいにされちゃってるよぉ……♥　ん、はぁ、ああっ……」

小柄なアヤカなので、膣道もやはり狭い。

セックスに慣れた今でも、締めつけだけは変わっていなかった。

そんなキツキツのおまんこを、味わって往復していく。

「あふっ、ん、はぁっ、あぁっ♥」

アヤカは可愛らしい声をもらしながら、快感を受け止めていく。

蠢動する膣襞《ちつひだ》が、肉竿を抱きしめながら擦りあげてくる。

「んはぁっ♥　あっ、ん、くぅっ！」

快感が膨らむにつれて、アヤカの喘ぎ声も高まっていく。

「あぁ、ハルト、ん、はぁっ♥　あぅ、おちんぽ、すごいよぉっ……♥　ん、あぁっ、あふっ、あんっ♥　ん、はぁ、ああっ……」

俺は昂ぶりのまま腰を振り、ピストンを行っていく。

「ハルト、ん、あぁっ……♥　んくぅっ！」

壁に手をついたアヤカが、後ろから力強く突かれて嬌声をあげる。小柄なので、あまりお尻に強く打ちつけると、身体ごと弾んでしまいそうだ。

「そんなにズンズン突かれたら、んぁ、ああっ……！　だめぇっ♥　んはぁっ、あっあっ♥　ん、くぅっ！」

「あまり壁際で大きな声で喘ぐと、隣の部屋にいるふたりにばれちゃうぞ」

「あっ……そんな、ん、くぅっ♥　あ、ああっ……！」

少し意地悪を言うと、彼女のおまんこがまたきゅっと締まった。

ばれるかもしれないというスリルと羞恥で、アヤカは感じているようだ。

そんな彼女を可愛く思いながら、俺はさらに大胆に腰を振っていく。

「ハルト、だめだってぇっ……♥　そんなに、おまんこズンズンされたら、あっ、声、出ちゃうからぁっ……♥　ん、あうっ……！」

抑えようとしつつも、彼女の口からは可愛らしい喘ぎ声が漏れてくる。

「そんな可愛い姿を見せられたら、むしろ止まれなくなる」

そう言って、俺はおまんこをえぐるように、腰を大きく突き出した。

「んはぁぁっ！」

最奥を亀頭でこりっとこすると、アヤカが大きく声をだした。

「あっ……♥　ん、だめ、奥っ、突くのは、あぁ、感じ過ぎちゃう、からぁっ……♥　ん、はぁっ、ああっ！」

アヤカはそう言って、お尻を逃がそうとする。

俺はそんな彼女の細い腰をしっかりとホールドすると、変わらずに腰を振っていった。

「んぁっ！　あっ、ハルト、や、だめぇっ♥　ん、あぁっ！　おちんぽ、奥までズブズブするのだめぇっ♥　ぱんぱんしないでぇ！」

「アヤカだってさっき、俺の腰を押さえて強引にしゃぶってくれたしな」

「あぁっ！　や、ん、はぁっ、そうだけど、今は、んぁ、ああっ！　もう、ん、はぁっ、我慢、できないっ！」

彼女は快感に大きく喘いでいった。

「んはぁっ、あっ、ん、くぉうっ♥　ハルトのおちんぽに、んぁ、おまんこ、奥までいっぱい突かれて、あっ、んはぁっ、あぁあぁぁっ♥」

いつもより嬌声をあげるアヤカを楽しみながら、その膣奥まで力強くピストンしていく。

「んはぁっ！　あっ、あぁっ……赤ちゃんの部屋、おちんぽにこんこんノックされてる、あっ、ん、ふぅっ、ああっ！」

子宮口を突くと、アヤカの膣道が肉竿をより強く抱擁してくる。

うねる膣襞をかき分けて、俺はラストスパートをかけていく。

「んはぁっ♥　あ、ん、ふぅっ、んはぁっ♥　あっ、ん、もう、イクッ！　イっちゃうっ！　んはぁ、ああっ！」

アヤカは大きな声を出しながら、感じていく。

「隣に、ん、ママがいるのに、んはぁっ♥　ハルトのおちんぽ咥えこんで、感じてる声、聞かれちゃうっ♥　せっくすしてるって、おもわれちゃうよぉ♥」

羞恥でより気持ちよくなっているようで、膣襞が肉竿を締めつけてくる。

「あっあっ♥　もう、だめっ、イクッ！　んはぁ、ああっ♥　イクイクッ！　んぁっ、あぁ、はあぁぁんっ♥」

「ああ、俺も出しそうだ」

「ハルト、んぁ、ハルトも、いっしょに、いっしょにイって、んぁ、わたしのなかに、ザーメンだしてぇっ♥　んはぁ、あああっ、あうぅっ♥　いっしょがいいよぉ♥」

快楽に浮かされたまま、エロいおねだりをするアヤカ。

膣襞も賛同するように、肉棒を絞り上げてくる。

俺はその最奥へと、肉竿を突き出していった。俺だってすでに、先端から溢れそうになっている。

「んはぁぁぁっ♥　あっ、あぁっ！　すごいの、きちゅうっ♥　あっあっ♥　イクッ、イックウウウウウッ！」

どびゅっ！　びゅくっ、びゅるるるるるるっ！

そしてアヤカの絶頂おまんこに、希望通りに俺も中出しをきめた。

「んはぁぁっ♥　あ、ああっ♥　あついの、びゅくびゅく出てるっ♥　わたしの奥っ、赤ちゃんのお部屋に、いっぱいそそがれてるっ♥」

アヤカは嬌声をあげ、立ちバックの姿勢のままで精液を受け止めていった。

膣襞がうねり、肉棒を締めあげていく。壁際で押さえ込んでいるので、まるで犯しているようだ。

そうして征服欲を満たす俺から、おまんこは余さず精液を搾り取っていく。

「んは、ああぁ……♥」

彼女はうっとりと声を漏らしながら、脱力していった。

俺はそんな彼女を支えるように、後ろから抱きしめる。

「ん、ハルト……好きだよ♥」

アヤカはそのまま俺に身体を預け、とろけた表情を見せてくれるのだった。

●

「お兄ちゃん、ぎゅー♪」

夜になり、部屋を訪れたマフユがすぐに抱きついてくる。

彼女は飛び上がるようにして、俺の首にぶら下がるようにくっついてきたので、そのままお姫様抱っこでベッドへと向かう。

「わ、お兄ちゃんすごい♪」

楽しそうに言いながら、ぎゅっと抱きついてくる。

お姫様抱っこに喜ぶ姿は無邪気で可愛らしいが、その大きなおっぱいはむにゅむにゅと俺の顔を刺激した。

そんな無邪気さと大人な身体のギャップに、エロさを感じてしまう。

「んっ……」

そんな彼女をベッドへと寝かせると、俺はさっそくその服をはだけさせていく。

「あん、お兄ちゃん、今日は積極的♪」

マフユは嬉しそうに言って、そのまま身を任せている。

普段はマフユから迫ってくることが多いから、新鮮なのかもしれない。

まあ、スキンシップも多く、積極的なのは嬉しいことだがな。

服をはだけさせると、先程も俺を刺激した、マフユの大きなおっぱいがたゆんっと揺れながら現れる。

柔らかそうな双丘が、こちらを誘惑しているようだった。

俺はそのたわわな果実へと、両手を伸していく。

「ん、あふっ……」

彼女は小さく声を上げて、それを受け入れた。

むにゅんっと気持ちのいい柔らかさを両手に感じながら、無防備な胸を揉んでいく。

「ん、はぁ、お兄ちゃん、あう……」

マフユは仰向けの状態で身体を俺に開き、じっと見つめてくる。

潤んだその瞳が、俺の情欲の火を焚きつけていった。

「あん♥　ん、はぁ……」

そのままむにゅむにゅと、たわわな双丘を堪能していく。

「あふ、ん、はぁ……♥」

柔らかく吸いつくようなおっぱいが、ずっと触れていたくなるような気持ちよさだ。

指先の隙間から乳肉があふれてきているところも、すごくいやらしい。

「あふっ、ん、お兄ちゃん、あんっ♥」

マフユは声を出しながら、身を任せている。

その姿は元気ないつものギャップがあり、俺を興奮させた。

「あふっ、ん、はぁ……お兄ちゃんの手が、おっぱい、いっぱい触って、ん、ふぅっ……どんどん気持ちよくなっちゃう……♥」

俺はそんな彼女の胸に顔を埋めるようにしながら、さらに揉んでいった。

「あんっ♥　ん、お兄ちゃん、んぅっ……むぎゅー♪」

マフユは反撃するように俺の頭を抱きかかえ、胸へと押しつけてくる。

むにょんっと柔らかな双丘へと顔を押しつけられ、すっかり埋もれてしまった。

その幸せな息苦しさと、柔らかさ。

そしてマフユの少し甘い体臭が、俺を包み込んだ。

「あふ、ん、はぁ……」

おっぱいに顔を埋めながら、むにゅむにゅと揉みしだいていく。

「あふっ、お兄ちゃん、あん、ん、はぁっ……♥」

指の勢いを増していくと、彼女は俺を押さえる手を離し、小さく身体を震わせた。

そんな反応が可愛らしく、俺はさらにぐいっと顔を押しつけながら、おっぱいを揉んでいく。

「あふ、ん、はぁっ、ああっ……♥　お兄ちゃん、すっごくえっちだよぉ……♥　んぁ、あふっ、ふぅっ、んぁっ……♥」

「感じてるマフユも、かわいいな」

「そんな、ん、あふっ♥　そんなこと……」

マフユは少しだけ、抵抗のふりをする。

しかし反応のほうは正直で、彼女の乳首は俺の指にすりついてくるかのように立っていた。

「乳首もこんなにして」

「んはぁっ♥」

尖った乳首をいじると、彼女が気持ちよさそうな声を漏らす。

俺はマフユの両乳首をいじりながら、さらにおっぱいを楽しんでいった。

「あんっ♥　あっ、ん、ふぅっ……お兄ちゃん、あっ、あふっ、んぁっ……♥　乳首、そんなに、あんっ♥」

マフユは嬌声をあげながら、気持ちよさに身体を揺らしている。

「あふっ……あんっ！　乳首、くりくりするのだめぇっ……♥　んぁ、あぁ、感じちゃう、ん、はぁっ♥」

そんな可愛らしい反応に、俺はますます昂ぶり、愛撫を続けていく。

「あふっ、ん、はぁっ、あんっ♥」

そこで俺は彼女の胸から、ようやく顔を上げる。

「あふっ、お兄ちゃん、んぁ……」

見ればマフユの顔はもうすっかりとろけ、色っぽいものになっていた。

そのエロい表情を楽しみつつ、俺は手を下へとずらしていく。

「ん、はぁっ……」

敏感な乳首が解放されたことで、少し持ち直すマフユ。

しかし俺はそんな彼女を休ませず、服を完全に脱がせてしまう。

ショートパンツを脱がせると、もう彼女が身につけているのは下着だけ。

小さな布地一枚だけを残したマフユの姿は、すごくえっちだ。

そしてそのショーツは、もうすっかりと濡れており、割れ目のかたちがわかるほどになってしまっている。

「マフユ、ぜんぶ脱がすぞ」

「あっ……♥」

あえて口にすると、マフユが恥ずかしそうにきゅっと足を閉じる。

しかし、俺はそんな彼女の細い足をつかみ、開かせ、そのまま下着を脱がせてしまう。

「あぅっ……♥」

恥ずかしそうに声をもらす彼女。

クロッチの部分がいやらしく糸を引いて、女の子の割れ目が現れた。

「お兄ちゃん、んっ……♥」

俺はその陰裂を、指先でなで上げる。

「あふっ、ん、はぁ……」

声を漏らすマフユの反応を見ながら、陰裂を指先で押し広げる。

「んはぁっ……♥　あぁ、お兄ちゃん……だめぇ」

くぱぁと広がったそこからは愛液があふれ出し、女の子のフェロモンが香る。

ピンク色の内側が、刺激を求めてひくついているようだった。

「あん、お兄ちゃん、んはぁっ♥　おまんこ、くぱってされるの、恥ずかしいんだよぉ……♥」

そう言いながら、軽く身をよじる。

俺はそんなマフユの秘裂へと、顔を寄せていった。

「あぁ、じろじろ見ちゃダメぇっ……♥　ん、ふぅっ、あぁ……」

そう言いながらも、むしろ俺に見せつけるかのように腰を浮かせてきた。

「あぁ、ん、はぁっ、あうぅっ♥」

欲しがりなおまんこを、指先でくちゅくちゅといじってやる。

「あぁ♥　ん、はぁ、お兄ちゃんの指、入ってきて、あっ♥　そこ、んぅっ！」

入り口付近を、指先でいじっていく。

振動のように細かく動かし、彼女の気持ちいいところを探っていった。

「あっ♥　ん、はぁっ、そこ、あぅっ、指先で、ああっ♥」

「ここがいいのか……？s」

俺は指を軽く曲げると、その弱いところを中心に攻めていく。

「んはぁあっ♥　あっあっ♥　そこ、だめ、あっ、ん、あふぅっ！　気持ちいいっ♥　んぁ、あ、あうぅっ！」

身体を跳ねさせながら感じていくマフユ。

その愛らしい姿に、俺はさらにおまんこをいじっていった。

「あぁ、ん、はぁっ♥　だめ、おまんこ、んぁ、くちゅくちゅいじられて、あんっ♥　感じちゃうっ、あっ、ん、はぁっ！」

彼女は敏感に反応しながら、嬌声を大きなものにしていく。

「あんっ♥　あっ、んはぁっ！」

いつもは積極的なマフユが、受け身で感じている姿は興奮する。

俺は指先を細かく動かして刺激のポイントを変え、おまんこを愛撫していった。

「んはぁっ♥　あぁっ、あんっ！　そんなに、んぁ、いっぱいおまんこいじられたら、あたし、あっ、もう、指でイっちゃうよぉ♥」

マフユは喘ぎ声を大きく出しながら、その身体を反応させていく。

快感によがり、あられもない声をあげるその様子に、俺の昂ぶりはます一方だ。

「んはぁっ♥　あぁっ、お兄ちゃんの指で、イっちゃうっ！　んはぁっ、あっあっ♥　ひぅっ、ん、はぁんっ♥」

「いいぞ、そのままイって」

俺はひくつく膣内をかき回し、快感を連続で送り込んでいった。

「んはぁっ♥　あ、もう、ん、あぁっ♥　イクッ！　あっあっ♥　気持ちいいの、あっ♥　イクイク、イクゥッ！」
　びくんと身体を大きく跳ねさせながら、マフユがイった。

「あっ、ん、はぁっ♥」

　ヒクヒクと身体を震わせながら、愛液をあふれさせていくマフユ。

　そのエロい姿を見て、俺の昂ぶりは増していく。

　服を脱ぎ捨て、完全勃起した肉竿を解放する。

「あぁ……お兄ちゃん……お兄ちゃんのおちんぽ、ガチガチに勃起してる……♥　逞しいおちんぽ、すごいよぉ……」

　肉棒を見上げながら、マフユがうっとりと言った。

　その表情は完全にメスのもので、肉棒を前に興奮しているようだ。

「ん、お兄ちゃん……。その、すっごいおちんぽで、んっ、あたしのおまんこ、いっぱい気持ちよくして♥」

「ああ、もちろんだ」

　俺はうなずくと、イったばかりでぬれぬれのおまんこに、その先端をあてがった。

「あふぅ……♥」

　くちゅりと愛液が音をたて、肉竿を濡らしていく。

　そのまま腰を押し進め、肉棒を挿入していった。

「んはぁっ♥　あっ、ん、ふぅっ……」

熱い膣内が、肉竿を受け入れて包み込んでいく。

「んぁっ、お兄ちゃんの、ん、おちんぽ、入ってきてる、んぅっ……」

蠢動する膣襞も密着し、肉竿を余さず刺激してくる。

俺はこなれたメス穴の気持ちよさを存分に感じながら、奥まで挿入していった。

「あふっ、ん、はぁ……お兄ちゃん……♥」

チンポを入れられた状態で、うっとりと俺を見つめる。

そのしおらしい姿に昂ぶりが増し、俺は腰を動かし始める。

「あふっ、ん、はぁっ……♥　おちんぽ、あたしの中を擦ってくれて、ん、はぁっ……」

じゅぽ、ずぷっ……と肉棒がおまんこを刺激していく。

「あぁっ、ん、はぁ、お兄ちゃん、ん、はぁっ♥」

ピストンに合わせて、マフユが嬌声をあげる。

膣襞が絡みつき、肉竿をぎゅっと締めつけ、快楽を貪り始めた。

「あぁっ、ん、ふぅっ、あぁっ……！」

そのセックスの変化を感じながら、俺もリズムを変えて腰を振っていく。

俺専用となった秘穴がしっかりと肉棒を咥え、隙間なく刺激してきていた。

「あふっ、ん、はぁっ♥　あぁ、お兄ちゃん、ん、はぁっ！」

蜜壺をかき回すと、多めの愛液が入口からあふれ出していく。

抽送のたびに膣襞が蠢《うごめ》き、肉棒を締めつけていた。

「んはぁっ、あ、ん、ふぅっ……おちんぽ♥　すごい、あぁっ、気持ちよくて、んはぁっ、あっ♥　あぁっ！」

俺が腰を打ちつけるのに合わせて、彼女の身体が揺れていく。

そしてそのタイミングで、大きなおっぱいも弾むのだった。

「んぁ、あっ、んはぁっ……♥」

俺は腰を動かしながら、目の前のたわわなおっぱいへと手を伸ばす。

「あんっ♥　あ、お兄ちゃん、それ、いっしょはだめぇっ……♥　あっ、んはぁっ」

むにゅりと乳肉が手を受け止め、かたちを変えていく。

「あぁっ♥　おっぱいとおまんこ、同時に気持ちよくされたら、あっ♥　んはぁっ、感じすぎちゃうのっ、ん、あぁっ♥」

「うっ……マフユこそ、そんなに締めつけられると……」

二重に感じている彼女のおまんこは、精液をねだるように肉棒を締めつけてくる。

その気持ちよさに、俺も射精感がこみ上げてきてしまう。

「んはぁっ♥　あっ、ん、ふうっ、あぁっ！」

その昂ぶりに任せて、俺は腰を激しく振っていった。

「んはぁっ♥　あっ、お兄ちゃんっ♥　ん、はぁっ、ああたし、もう、イクッ！　おちんぽでイかされちゃうっ♥」

「俺も出そうだ、マフユ、いくぞ！」

「あぁあっ♥　あっあっあっ♥　イクッ！　んぁ、ああっ、お兄ちゃんっ♥　あっ、んはぁ、あぅっ、んくぅっ♥」

激しいピストンでおまんこをかき回し、最奥まで突いていく。

蠕動する膣襞が肉棒を咥え込み、射精を促しているようだった。そう思った瞬間。

「あぁあっ♥　んはぁ、あぅっ、イクッ！　おまんこイクッ！　あっあっ♥　イクッ！　イックウウゥウッ！」

「う、あぁ……！」

ドビュッ！　ビュルルルルッ！

マフユの絶頂に合わせて、俺も射精していた。

「あぁ♥　お兄ちゃんが、中に、いっぱい……だしてくれてる……ああ♥」

マフユは中出しを受けて、気持ちよさそうに声を上げた。

うねる膣襞が肉棒から、しっかりと精液を搾り取っていく。

「あふっ、ん、はぁ……♥」

俺はマフユの膣内に、精液をすべて注ぎ込んでいった。

「ん、お兄ちゃん……♥」

彼女はこちらへと、手を伸ばしてくる。

俺はマフユを抱きしめると、そのまま隣へと寝そべった。

そしてそのまま、今日も最高のセックスだった思いながら、余韻に浸っていったのだった。

●

そんなふうに三人とのハーレムライフを、悠々と楽しんでいく。

美女たちに囲まれ、甘やかされたり甘えられたりしながらの毎日は、とても幸せだった。

かつては上手くいかなかった家族関係も良好な上、いちゃいちゃもできる最高の環境だ。

思えば俺は、幼いころに彼女たとと家族になって以来ずっと、こんなふうに暮らしたかったのかもしれない。

えっちなことはともかく、若く美しいチアキさんには憧れていたし、頼れるアヤカにも惹かれていた。マフユとだって、もしかしたら恋人のようになりたかったのかもしれない。

そう言う意味でも、俺の夢が叶った異世界転生だったのだ。

平和で安定した世界では、政治家としての貴族にはほとんど仕事がない。

侯爵家の領地は充分に栄えているし、問題も抱えていなかった。

そのおかげで、俺たちもただただのんびりと暮らしていけるのだ。

もちろん、いずれはそうでなくなる日のために、貴族の血と最低限の教養を受け継いでいく必要はある。

しかし逆に言えば、今はそのくらいしかするべきことがないのだ。あれから父侯爵と話すこともあったが、この婚姻も、全てが上手くいっているということだった。

家族揃って、そんな悠々自適の暮らしを送っている、ある夜。

この日は、チアキさんとアヤカがふたりして、部屋に訪れた。

「アヤカがいっしょは、珍しいな」

「そうね。アヤカちゃんは恥ずかしがりだから♪」

これまで、チアキさんとマフユのふたりでくることはあったが、アヤカはいつもひとりだった。

だれかと一緒は恥ずかしい、と言っていた彼女だ。

しかし、俺の計画で隣の部屋にチアキさんがいる状態でえっちしたときは、恥ずかしがりつつもしっかりと感じていた。

羞恥心は変わらないのだろうが、それが気持ちいいことだと気付いたのかもしれない。アヤカなりにもふたりともっと仲良くしたがっていたし、たぶん、そういうことなのだろう。

せっかくの異世界で、同じ条件で俺の妻となってくれたのだ。

三人でえっちしている夜に、仲間外れは寂しかったかもしれないな。

まあ、いずれにせよ、俺としては大歓迎だ。

美女に囲まれて、嬉しくないはずがないだろう。

恥ずかしがりなアヤカも好きだが、ドスケベなアヤカも大好きだった。

そんなわけで、俺はふたりとともにベッドへと向かう。

「じゃあ、今日は私たちふたりで、ハルくんを気持ちよくしていくわね」

「ん、ハルト、ほら……」

そう言って、アヤカが俺の服に手をかけてくる。

最近は彼女も慣れた手つきで、俺を脱がせてくれる。

そうしていると、アヤカの後ろにチアキさんが回っていた。

「えいっ♪　ほら、アヤカも」

「きゃっ！」

そしてアヤカの服に手をかけ、脱がし始める。

「ちょ、ちょっとママ、んっ……」

「あ、だめ、もうっ、んっ……」

チアキさんは、アヤカの服を器用に脱がせていく。

「おぉ……これは」

身をよじるアヤカだったが、チアキさんは素早く服を脱がせていく。

低い背に反して大きなおっぱいが、ぽよんっと揺れながら現れる。

「ふふっ、アヤカちゃんのおっぱい、むにむにー♪」

「あ、ちょっと、もうっ！　ママ！」

そんなたわわを、チアキさんがむにゅむにゅと後ろから揉んでいく。その悪戯っぽさも仕草もまた、どこかマフユに似ていて親子を感じさせた。

「やめ。あっ、んっ……」

アヤカは元母親におっぱいを揉まれて、恥ずかしそうにしている。

その様子はなんだか、とてもそそるものだった。

「もう、んっ……ちょっと……」

俺はおっぱいを揉みしだかれるアヤカを、じっと眺めている。

「うふっ、ほら、もみもみー♪」

「あぁ、もう、だめ……んっ……」

美女たちのえっちないちゃつきを眺めるのは、思った以上にいいものだ。

恥じらうアヤカの反応と、柔らかそうにかたちを変えるおっぱい。

脱がされたままの俺も、もちろん反応してしまう。

「ほら、ハルくんも喜んでるわよ♪」

「ハルト、ん、あぁ……おちんちんが……」

「アヤカちゃんのおっぱいが、むにゅむにゅってかたちを変えるのを見ながら、おちんちん勃起しちゃってるわね♥」

「うっ……まあ」

あらためて指摘されると、少し気恥ずかしい。

しかしこの光景を前にして、興奮するなというほうが無理だろう。

「ほら、ハルくんのおちんぽ、あんなに雄々しくそそり勃ってて……♥　男の子って、すごいわね。エッチな気持ちも、アヤカちゃんのほうに向いちゃってるわよ♪」

チアキさんは楽しそうに言いながら、さらにアヤカを愛撫していく。

「ん、はぁ……ハルトぉ……」

そんなアヤカは、おっぱいを揉まれつつも、その手を俺の肉竿へと伸してくる。

「こんなに熱く、ガチガチにして……♥」

アヤカの小さな手が肉竿をつかみ、軽くいじってくる。

俺もその気持ちよさを感じながら、アヤカを見つめる。

「んっ、ねぇ、ママ……そろそろ」

「そうね♪　いっしょにね」

アヤカが軽く声をかけただけで、チアキさんは察したらしい。

そしてアヤカの胸から手を離すと、自らも服を脱いでいく。

ぽよんっと揺れながら現れる、チアキさんの爆乳。

ふたりの美女が大きなおっぱいを揺らしながら、俺に近づいてきた。

「それじゃ、ふたりで気持ちよくしていきましょう」

「うん……♥」

彼女たちはそう言い合うと、俺の股間へと同時に顔を寄せる。

期待で完全勃起していく肉棒に、左右からふたりの顔が近づいてきた。

「ハルくん、れろぉっ♥」

「うぁ……あう」

チアキさんが舌を伸し、肉竿を舐めてきた。

「わたしも、ぺろっ」

それに続くように、アヤカもチンポを舐めてくる。

「れろっ、ちろっ……」

「んっ、ぺろっ……」

ふたりが左右から舌を伸して、場所を取り合うように肉竿を舐めてくる。

温かな舌が、ダブルで肉竿を刺激する。粘膜のランダムな動きは、予想外の気持ち良さだ。

「ん、ちろっ、れろっ……」

「ガチガチのおちんぽを♥　ぺろぉっ」

「あぁ……」

愛情たっぷりのご奉仕。ふたりの舌愛撫に、俺は感じていく。

「こうやって左右から、おちんちんをぺろっ、れろぉっ♥　って舐められるの、気持ちいいでしょ？

ハルくん、ぺろっ」

「ああ、すごくいい……」

「裏筋のところも……れろっ、れろろろっ！」

「アヤカ、うぁ……」

彼女の舌が細かく動き、敏感な部分を刺激してくる。

その刺激に、思わず声を漏らしてしまった。

「ふふっ、ここがいいんだね……それならもっと、舌を尖らせるみたいにして……ちろろろっ、れろっ、ちろちろちろっ♥」

「あぁ……」

アヤカの舌使いに、肉竿が反応してしまう。

「おちんぽ♥　ぴくぴくしてるわね。私はこうして、幹の血管に沿って、れろぉっ♥」

チアキさんは根元へと向かって、舌を這わせていく。

「れろろろっ、ちろっ♥」

「ぺろぉ、れろぉ……」

先端付近を細かく刺激してくるアヤカと、根元のほうをねっとりと舐めてくるチアキさん。

ふたりの連携した責めに、俺はただただ、フェラの気持ちよさを受け止めるだけだった。

「れろっ、ちろっ、ぺろろっ……。ママ……ハルトの顔、とろけてきてる」

「ぺえろぉっ……じゅるっ、れろぉっ……。そうね。おちんちんも気持ちよさそうに反応しちゃってるわ……♥」

彼女たちは楽しそうに言いながら、ふたりで肉棒をなめ回していく。

「れろっ、ちろろろっ！　ぺろっ……じゃあ、おちんぽを咥えて……あーむっ♥　じゅぶっ……じゅぽっ、れろっ、ちゅぱっ！」

アヤカが先端を咥えて、顔を動かしてくる。

「じゅぶっ、れろっ、ちろっ……」

亀頭全部がアヤカの口内に包み込まれ、刺激されていく。

「あむっ、じゅぽっ……じゅるっ……ふふっ♥　おちんぽをしゃぶってると、じゅるっ、んんっ、じゅぽっ……なんだか……楽しいかも」

アヤカは頭を動かして、咥えこんだ肉竿を刺激してくる。

「アヤカちゃんってば、最初は恥ずかしがっていたのに、すっかりノリノリになってるわね♪　大胆にしちゃって。おちんぽ大好きなのね、しっかりしゃぶってるわ」

「あうっ……ん、じゅぶっ、ちゅぽっ♥　ハルトのおちんぽを咥えてると、どんどんえっちな気分になっちゃうから……じゅぶっ♥」

アヤカのチンポ奉仕を楽しそうに見ながら、チアキさんは根元のほうを舐め始める。

「れろっ、ちろっ……ガチガチおチンポ舐められて、こっちも反応しちゃってるわね……ほら、れろぉっ♥」

そう言って、チアキさんは陰嚢にまで舌を伸してきた。

「れろろっ……この袋の中で、今も精子をいっぱい作ってる……タマタマを……れろろっ……♥　ちゅっ、ぺろっ♥」

玉袋を下から持ち上げるようにしつつ、舐めてくる。

肉竿へのものとは種類の違う刺激に、不思議な気持ちよさを感じた。

単独だとくすぐったいだけかもしれないが、チンポのほうをアヤカにしゃぶられて気持ちがいいため、そちらにもじんわりと快感が広がっていくのだ。

「あむっ。じゅぽっ、しゅるっ……♥」

「れろっ……ころころー♪」

美女ふたりに性器をあちこち愛撫されて、どんどんと気持ちよくなっていく。

「ガチガチのおちんぽ♥　はぁ……じゅぶっ、じゅるっ、ちゅうぅっ……♥」

「う、あぁ……」

アヤカが肉棒にますます吸いついてくる。

「れろっ、タマタマ、ぐっと上に上がってきてるわね♥　れろっ、ころころっ……。タマタマ、射精準備しちゃってるのね♪」

「ん、ハルトのおちんちんから、我慢汁がどんどんあふれてきてる。れろっ、じゅるっ！　ちゅぅっ♥　れろろっ！」

言いながら、アヤカはストローのように肉竿を吸い、その我慢汁を舐め取ってくれた。

「上がっていくタマタマ、こうして転がしながら、んっ、舌でぐっと持ち上げると……お射精、したくなっちゃうのかしら？」

「チアキさん、うっ……」

温かな舌に睾丸を持ち上げられると、たしかに射精準備を促され、そこが活発になっていくようだった。

「う、出る……出るよ！」

「ん、いいよ。そのまま出して……じゅるっ、れろっ、じゅぼじゅぼっ♥　わたしのお口に、じゅるっ、ちゅううぅっ♥」

「ああ……！」

アヤカのバキュームに促されて、俺は射精した。

「んむっ!?　ん、んんっ……！」

肉棒が脈打ちながら、精液を口内に放っていく。

彼女はそれを口で受け止めて、そのまま飲んでくれた。

「ん、れろれろー♪」

その間も、チアキさんは睾丸を舐めて、刺激してくる。

「今日もいっぱい頑張ってもらうからね♪　精液、いっぱいつくってね。私たちの、旦那様なんだから。れろぉ♥」

「うぁ……そこ」

射精直後のところに刺激を受けて、睾丸がまたも急ピッチで精子を作り始める。

チアキさんの言うとおりに、いつもより活性化させられていくようだった。

「んく、ん、ごっくん♪」

アヤカは精液を飲み干すと、ようやく肉棒を離してくれる。

「あ、この裏っかわ、まだ残ってるね♪　れろぉっ♥」

「おぉ……」

しかしすぐに舌を伸し、カリ裏を舐めあげてきた。

そこに残った精液を舐め取ったみたいだ。

敏感なところを刺激されて、思わず声が漏れてしまう。

「ハルくん、そのまま横になって」

チアキさんはそう言って、俺を押し倒してきた。

そしていつの間にか服を脱ぎ、裸になったふたりが俺の側に立っていた。

下から見上げると、やはりふたりとも、その大きなおっぱいが印象的だ。

しかも今は全裸になっているので、足の付け根の……女の子の秘めたる花園もしっかりと見えてしまっている。

それがふたり分ともなれば、俺の視線も忙しく、どこを見ればいいかわからなくなってしまうほどに眼福だ。

そんなことを考えていると、チアキさんが俺の顔をまたぐようにして立つ。

彼女の濡れたおまんこを、見上げる体勢になった。

きれいな割れ目は薄く花開き、その襞を見せている。若返ったせいもあるだろうが、初々しい秘裂にはいつも視線が吸い込まれてしまう。そしてこの世界では、俺がチアキさんを女にしたんだ。

妻となり、名実共に俺だけのものになったそこからは今も、愛液がじんわりと滲み出している。

そんな美しい光景に、肉棒が反応してしまう。

「ハルくん、んっ……♥」

彼女はゆっくりと腰を下ろしてきた。

濃密な女のフェロモンが香り、開いていく足に合わせるように、その花びらも広がっていく。

「んっ……♥」

そしてそのおまんこが、俺の顔へと迫ってくる。

「あんっ♥　ハルくん、んぁっ……♥」

俺は自分でも彼女の腰をぐっと引き寄せ、そのままおまんこへと舌を伸していった。

「あぁ、んっ……♥」

チアキさんのおまんこを舐めあげていると、アヤカが下半身のほうへと動いたようだった。

「ハルト、あぁ……あんなにわたしに飲ませたのに、またこんなにガチガチにして……」

小さな手が肉竿をつかみ、そっと上を向かせる。

アヤカが腰を下ろしていったのだろう。

すぐに、くちゅり、といやらしい音ともに、肉竿が膣口にあてがわれるのがわかった。

「あふっ、ん、あぁっ♥」

そしてそのまま、肉棒が熱くうねる膣道へと包み込まれていく。

「んはぁ、あっ、ん、ふぅっ……♥　ハルト、あぁ……！」

アヤカは蜜壺に肉棒を飲み込むと、そのままゆるゆると腰を動かし始めた。

「あっ♥　ふぅ、ん、はぁ……ハルトのおちんぽ♥　ん、あぁ……」

蠕動する膣襞が肉棒を擦りあげ、とても気持ちがいい。

その快感を受け止めながらも舌を動かし、チアキさんのおまんこを愛撫していった。

「んはぁっ♥　あ、ハルくん、ん、はぁ……！」

チアキさんは嬌声をあげながら、秘部を俺に任せている。

肉棒をアヤカのおまんこに刺激されながら、チアキさんへのクンニも続けていくのだった。

「ん、はぁ、ああっ……♥」

「あふっ、んぁ、ああっ……♥」

ふたりの美女が俺に跨がって喘いでいる。その興奮とともに、満足感も満たしていくのだった。

「あふっ、んはぁ、あぅっ！」

「ん、ハルくん、あぁ、んはぁっ♥」

しばらくそうして高め合い、俺たちは交わっていった。

「ハルト、あぁ……おちんぽ♥　わたしの中で動いてる……ん、はぁっ、あぁっ、あうぅっ……♥」

「あぁ……♥　ハルくんの舌が、私のおまんこに入り込んで、あっ♥　ん、くぅっ！」

彼女たちは色っぽい声をあげていく。そんな中で、チアキさんが口を開いた。

「アヤカちゃん、おちんぽハメられて感じてる顔、可愛いわよ♪　ん、ふぅっ……」

「んはぁ、あっ、ママがそんなこと言うのだめぇっ……♥　ん、ふぅっ……！」

チアキさんに指摘され、恥ずかしがったアヤカのおまんこがきゅっと締まり、肉棒を刺激する。

「あんっ♥　あ、んぁ……」

「ふふっ、気持ちよそうな顔しちゃって……♥」

「やぁ……♥　そんなに、見ないでぇ……ん、はぁ、ああっ！」

羞恥心で、アヤカのおまんこはきゅんきゅんと感じている。

その快感に突き動かされるように、アヤカの腰も大胆に動いていった。

「あぁ、ん、はぁっ♥　あう、ん、くぅっ！」

うねる膣襞に擦りあげられ、肉棒を高められていく。

「あんっ♥　ハルくんも、ん、はぁっ……上手♥　アヤカもいっぱい、セックスしてもらおうね。もう奥さんなんだから、遠慮なく感じていいのよ♥」

まるで性行為を教えるように、チアキさんがアヤカを愛撫して高めていく。最初の乳揉みもそうだけど、チアキさんはアヤカを積極的にしたいみたいだ。

俺はアヤカの膣襞に肉棒を擦りあげられながら、チアキさんの蜜壺を舌で愛撫していった。

「んっ、ふぅっ……ハルくんの舌、ん、私の中に、あっ、んんっ……」

「あっ♥　ん、はぁっ……ハルト、ん、ふぅっ……」

愛するふたりを同時に抱く幸福に浸りながら、俺は愛撫を続ける。

「あふっ、ん、ああっ♥」

「あぁ、ん、あふっ……♥」

ふたりのおまんこをしっかり感じながら、気持ちよさに溺れていく。

「ん、んはぁ、ハルくん、ん、うぅっ……♥」

「あんっ♥　おちんぽ、突き上げてきて、ん、はぁ……♥」

興奮が高まっていき、俺たちはそろって上り詰めていった。

「んはぁっ♥　あ、ん、そんなに、んぁ、おまんこなめなめされたら、私、もう、はぁっ……♥　あ、んくぅっ！」

「ハルト♥　ん、ふぅっ……太いおちんぽが、あっ♥　おまんこをいっぱいにして、くぅっ……！」

限界が近づいた俺も、チアキさんのクリトリスを舌先で責めながら、腰を突き上げていった。

「んひぃっ♥」

「あ、んはぁっ！」

ふたりが嬌声をあげ、Ｗセックスの快感に浸っていく。

「あっあっ♥　ハルくんっ！　んぁっ♥　クリトリス、あっ♥　刺激するの、だめぇっ、ママ、イっちゃう♥」

「あっあっ♥　おちんぽが突き上げてきて、ん、くぅっ！　奥まで、あっ、ああっ♥　そんなに入らないからぁ♥」

抱き合う体勢になり、俺の上で乱れていくふたりの嬌声に誘われるように、俺も責めていった。

「んはぁぁぁぁっ♥　あ、もう、だめっ♥　んぁ、イクイクッ！　あっ、んはぁっ、イっちゃうっ！ん、ああっ♥」

「わたしも、イクッ！　あぁ、ハルト、んぁ、ああっ♥」

そんなふたりと同様に、俺ももう限界だ。そのまま、ラストスパートをかけていく。

「あぁぁぁっ♥　おまんこイクッ！　ハルくんの舌で、んぁ、クリイキしちゃうっ♥　あっあっ♥ん、はぁんっ！」

「あふっ、ああっ♥　おまんこの奥まで、あぁっ♥　ハルトのおちんぽで突かれて、あっ、もう、イクッ！　んはぁ、ああっ！」

そして、ふたりの声が重なる。

「イックウウゥウゥッ！」」

ドビュッ！　ビュクンッ！　ビュクビュクッ！

同時に、俺も射精した。

「んはぁぁっ♥　あっ、ああっ……！　せーえき、んぁ、わたしの奥に、ベチベチ当たってるっ♥

んは、ああっ……♥」

中出しを受けたアヤカのほうは、そのまままさらにイったようだった。

「あぁ、ん、はぁっ……♥」

膣襞が肉棒を締めあげて、最後まで吸いついてくる。

「あふっ、ん、あぁ……♥」

精液を絞りとるその動きに、俺は為《な》す術《すべ》もなく中出しし続けていく。

「あぁ……ハルト……またいっぱい出て……ちゃんとせーし、作ってたね♥」

アヤカはそのままうっとりと、力を抜いていく。

「ハルくん、ん……」

そしてチアキさんも腰を上げる。

「あぁ……ハルくんのお顔、私のお汁でとろとろになっちゃってる……♥」

チアキさんはそう言うと、タオルで俺の顔を拭ってくれた。

俺も射精後の心地よい倦怠感に包まれながら、身を任せていったのだった。

エピローグ　母姉妹ハーレムライフ

三人との暮らしは、その後も幸せに続いていた。

侯爵が新築した屋敷で、俺たち四人は今、のびのびと暮らしている。

すでに派閥なども固まりきったこの時代に、三人もの妻と過ごすというのは、少しだけ話題になったこともあったが、それだけだ。これといった問題もなく日々が流れ、今では周囲の好奇心も落ち着いているようだった。

その他にといえば、結婚によってヴェスナー侯爵家の跡取りとしての俺の立場がより明確になったことだろうか。俺自身にも、他の家との関わりができるようになってきた。

といっても、今や貴族は、ほとんど政治には関わらない。

上手くいっているものを、わざわざ壊す必要もないからだ。

基本的には、領地に災害などがあったときに、支援の書類にサインをするくらい。

細かなことは、優秀な役人たちがやってくれていた。

そんななかでの数少ないイベントとしては、貴族家同士の会食がある。

かつてはそこで情報交換や、派閥の調整、領地を発展させるためのやりとりが行われていたのだろうが、今では社交界もすっかり形骸化しているので重要でないのだが……。

そんな形ばかりの会食であっても、貴族の伝統ということで必要なわけで。

むしろそのくらいはしないと、貴族には、本当に何もすることがないからな。

そんな事情もあり、俺はわざわざ数日もかけて、他の貴族家との会食に出かけていた。

現代でなら日帰りでもいけそうな距離だったが、こちらの世界ではそうもいかない。

国内といえども、馬車で数日、なんてのは当然のことだ。

そんな帰り道。

馬車に揺られているところに屋敷が見えてくると、なんだかほっとする。

元々の性格的にもインドア系ということもあるし、やはり家が一番だな……。

そんなことを思いながら、馬車に揺られて帰路を急ぐ。

そしてやっとのことで到着し、玄関を開けた途端、三人が出迎えてくれていたのだった。

「お帰り、ハルくん！」

「お帰りなさい、お兄ちゃん！」

出迎えてくれる三人の姿が見えたのは一瞬。

チアキさんとマフユがすぐに飛び込んできて、俺はむにゅっと柔らかな感触に包まれるとともに、視界を塞がれてしまったのだった。

元は親子なのに、すっかり姉妹のようになったふたりに抱きしめられ、その柔らかな膨らみが押しつけられている。

「お帰り、ハルト」

そんな俺の姿を眺めながら、アヤカが静かに言った。

貴族であろうと、平民であろうと同じだ。

こんな瞬間こそが、家族というものなのかもしれない。幸福とは、こういうことなのだろう。

「ああ……ただいまアヤカ」

俺はふたりのおっぱいに包まれながら、小さく応えたのだった。


と、なんだかいい感じの帰宅になったのはよかったが……。

美女ふたりに抱きつかれていると、男として当然のように反応してしまう。

しかも普段は彼女たちと毎夜代わる代わるすごしているのに、会食で数日あいていた。

その分、溜まってしまっているのだったろうか。

そんな俺の反応は、抱きつかれているふたりにすぐに見抜かれてしまう。

「ハルくん、ここ、すっごく元気になってるわね……♥　お疲れなのに……」

「うっ……」

チアキさん手が、ズボン越しに股間をなでてくる。

「ほんとだ、お兄ちゃんのここ、硬くなってる……♥」

それに倣うように、マフユが握ってくるのだった。

マフユはそのまま、ズボン越しに肉竿をくにくにといじる。

「あぁ……お兄ちゃんのおちんぽ♥」

「いっぱい溜まってるのね……♥」

彼女たちは色を含んだ声で、股間をさすってくる。

どうやら、日があいてムラムラしているのは、俺だけではなかったようだ。

「ほらほらお兄ちゃん、早くっ……」

マフユがそう言うと、今度は俺の手を握り、ベッドのある部屋へと引っ張っていく。

アヤカとチアキさんもそれに続いていた。

そして程なくして、俺たちは寝室へとたどり着く。

「ほらほら、ハルくん……」

「お兄ちゃん、えいっ♥」

「わ、わたしも、えいっ」

今度は三人に抱きつかれながら、そのままベッドへと押し倒される。

「今日は数日分、いっぱいしちゃおうね♪」

そんなふうに言うマフユ。

それ自体は可愛らしいセリフだが、すっかりとエロエロになっている彼女たちの数日分となると……余さず搾り取られてしまいそうだ。

嬉しい悲鳴というやつだろう。

そんなことを考えている内に、彼女たちが俺の服を脱がしにかかる。

このまま身を任せるのも悪くないが、俺としてもムラムラしており、しかもこうして美女たちから抱きついて服を脱がせてくるとなれば、我慢できなくなる。

というわけで、ふたりよりは控えめだったアヤカにまずは襲いかかり、彼女を引き寄せながら抱きしめていく。

「あっ♥　ハルト、いきなり……♥」

アヤカは抵抗せずに俺に抱きしめられる。

小柄な彼女をすっぽりと包むように抱きしめながら、服の中に手を忍ばせていった。

「あんっ、ハルトってば、んっ……」

服の中で探るようにしながら、大きなおっぱいを直接に揉み込んでいく。

なめらかな肌と、柔らかなおっぱい。

その感触を存分に楽しんだ。

「あ、ん、はぁっ……ハルト、んっ……♥」

後ろから抱きしめたアヤカの巨乳を堪能していると、今度は俺の背中に、チアキさんが抱きついてくる。

「ハルくんを、ぎゅー♪」

そして彼女は、そのまま俺の耳元へと顔を寄せた。

「ん、ハルくん……れろぉ♥」

「うわっ……」

チアキさんは、そのまま俺の耳を舐めてきたのだった。

「ふふっ、かわいいわね……♥　もっとしたくなっちゃう。ほら、ぺろっ……ちろろっ！」

「チアキさん、それっ……」

くすぐったさに声を出すと、チアキさんはさらに楽しそうに、耳への愛撫を続けてくる。

「じゅるっ、ちゅぱっ……♥　お耳舐められるの、気持ちいい？」

「じゃあたしも！　れろっ！」

「あぁ……ちょっ……おい」

反対側から、マフユも俺の耳へと舌を伸してきた。

「れろっ、ちろっ……」

「こうかな？　ぺろっ」

そのまま、左右からふたりに耳を舐められていく。

「れろろっ」

「じゅるっ、ちろっ……」

耳元で水音がするのは、なんだかとてもいやらしい。背筋に直接、快感が流れていくようだ。

「じゅぷっ……ちろっ、れろっ……」

「ぺろろっ……れろぉっ♥」

ふたりの耳舐めに気持ちよくなりながらも、俺はアヤカのおっぱいを揉んでいく。

「ん、ハルト、あぁっ♥」

むにゅむにゅと柔らかな巨乳を触っていると、彼女は色っぽい声を漏らしていった。

柔らかなおっぱいは、やはり最高だった。旅の疲れも取れるというものだ。

「あんっ、ん、ふぅっ……♥　ハルト、そんなに、おっぱいむぎゅってされたら……あっ♥　ん、はぁっ……♥」

アヤカが喘ぎながら、小さく身体を動かす。

何度見ても飽きないその可愛らしさに、俺の欲望が滾っていった。

「あむっ、じゅるっ……れろっ……」

「そうだ、こうやってお耳に、じゅぽっ♥」

「うぉおお……？」

マフユの舌が耳に侵入し、中を刺激してくる。

そのくすぐったいような気持ちよさには、思わず声が漏れてしまった。

「じゅぷっ……れろっ、じゅるっ……♥」

さらにゼロ距離での水音が、卑猥に響いてくる。

「それいいわね……私も、じゅぽっ♥　れろっ、ちろろっ……」

「うっ……」

チアキさんもまねして、耳穴に舌を入れてくる。ふたりの舌が耳をほじるように動き、淫靡な水音とともに刺激してくる。頭の中に直接快感を流し込まれているかのようで堪らない。

「れろっ、じゅるっ、ちゅぷっ……」

「じゅぽっ♥　じゅるっ、れろろっ……」

流されるまま、彼女たちの愛撫と胸の柔らかさに浸っていった。

「ひぅっ、あっ♥　ハルトそれっ、ん、はぁっ……♥」

「れろっ。じゅるっ、じゅぷっ……」

「お兄ちゃんのお耳、れろぉっ♥」

俺はふたりの耳舐めに耐え、つんと尖って存在を主張しているアヤカの乳首を、指先でくじるようにいじっていく。

「んはぁっ♥　あっ、乳首、んぁっ♥　そんなに、くりくりいじっちゃだめぇっ……♥　んぁ、あっ、んくぅっ！」

「おっぱいだけで、ずいぶん敏感になってるみたいだな。こうやって触ると……」

「ひぅっ♥　あ、ああっ！　ハルトがいじるから、どんどん敏感になっちゃうのっ……♥　んぁ、あ、んはぁっ！」

嬌声をあげながら乱れていくアヤカに気を良くし、俺はそのままおっぱいと乳首を責めていった。

「あふっ、ん、だめっ……♥　そんなにされたら、んぁ、わたし、あぅっ、おっぱいだけで、イっちゃう……♥」

アヤカが嬌声をあげながら、ぐっと俺のほうへと身体を預けてくる。

俺はそれでも許さず、まだまだ乳首を刺激していった。

「れろっ、じゅるっ、ちゅぱっ……」

「ちろろろっ……お姉ちゃん、すっごい感じちゃってるんだね。れろっ、じゅぼ♥」

マフユはアヤカの反応に楽しそうな声を出しつつ、俺の耳奥まで舌を忍ばせている。

「あぁっ♥　ハルト、ん、くぅっ♥　あっあっ♥　おっぱいだけで、イクッ！　んぁ、ああっ、あふっ、んあぁっ！」

「れろろろっ♥　アヤカちゃんのかわいい声を聞いてたら、こっちも激しくしたくなったちゃう♪　じゅるっ、じゅぷっ」

「じゅぽぽっ♥　じゅるっ……ちゅぷっ、れろれろれろっ」

「んはぁっ♥　あっ、もう、イクッ！　あっ、乳首、んぁ、イクッ！　あっつっ♥　イクゥッ！　んはぁぁぁぁっ！」

身体を跳ねさせながら、まずはアヤカが絶頂した。

「あふっ、ん、あぁ……♥」

そしてそのまま、脱力していく彼女。

「れろっ、ちろっ、じゅぷっ……」

「じゅるっ、ちゅぱっ、んっ……♥」

俺がそんなアヤカを優しく放すと、耳を舐めていたふたりが正面に回り込んできた。

「次はお耳より気持ちいいところ……ハルくんのおちんぽ♥　舐めてあげるわね……ほら、こんなに大きくしてるままで、辛いでしょう？」

チアキさんが股間の膨らみへと手を伸ばし、誘うような手つきでなでてくる。

「お兄ちゃんのおちんちん、パンツの中で苦しそうだよ……。ほら、出してあげる♥　一気に……

えいっ♪」

最後に残っていた下着も脱がされ、そそり勃つ肉棒が飛び出してきた。

「わぁっ♥　おちんちん、びよんって飛び出してきた」

「今日も、逞しいおちんぽ……ちゅっ♥」

チアアキさんが亀頭に軽くキスをしてくる。

柔らかな唇の感触が気持ちいい。

「あぁ……♥　お兄ちゃんのおちんぽ、ガチガチになってる」

マフユがきゅっと根元あたりを握り、そのまま刺激してきた。

「すっごく硬いおちんぽだよぉ……♥」

「ハルくん、れろおぉっ♥」

「うぁ……チアキさん、その顔、すっごくエロい……」

大きく舌を伸し、ぺろりと肉竿を舐めるチアキさん。色っぽいその姿に、欲望が膨れ上がった。

「そう？　それじゃあもっとこうして……ぺろぉっ♥　れろぉっ……♥」

「あう……」

彼女は舌を見せつけるようにしながら、チンポを舐めていく。

「ふふっ♥　れろぉ……♥」

俺の反応を楽しみながら、チアキさんは先端を大きく舐める。

その間に、マフユは肉竿の根元から、さらに舌へと手を伸ばしてきた。

「あぁ……♥　お兄ちゃんのタマタマ、ずっしり重いね。たぷたぷー♥」

彼女は陰嚢を持ち上げるようにして優しく触ってきていた。小さな手が玉袋をいじってきている。

「溜まった精液、今日は全部絞っちゃうからね♪」

彼女の手は陰嚢を刺激し、さらに精子の製造を促してくるかのようだ。

「睾丸マッサージっていうのもあるみたいだしね。今日はそんなことしなくても、精子いっぱい詰まってるけど♪」

「れろっ、ぺろぉっ……♥　あん、こうやって、おちんぽ舐め舐めしてると、もっと思いっきりしゃぶりたくなっちゃう♥」

チアキさんはそう言いながら、裏筋を舐めあげ、舌を器用に使っていく。

「ちろっ、れろろろっ……！　先っぽを舌で、ちろちろちろちろっ！」

「あぁ……！」

舌先が鈴口をくすぐるように動いてくる。

穴を軽く広げるかのようにされると、興奮とともに我慢汁があふれ出してきた。

「あぁ……ハルくんの先走り汁、れろぉっ♥」

彼女はそれも舐め取り、さらに愛撫を続ける。

「袋の中に、しっかりと大きなタマタマが二つ……ころころ……たぷたぷっ♥　わっ、お兄ちゃんのタマタマ、動いてるかも……♥」

「ちろっ、れろっ……我慢汁も出てるし、そろそろ射精の準備を始めてるのかもね……♥　もう我慢できないわ……あむっ♥」

「チアキさん、うぁ……」

彼女はパクリと先端を咥えこむ。そしてちらりと、上目遣いに俺を見た。

そのエロい表情に見とれると、彼女は一気に動き出す。

「じゅぽっ♥　じゅぶっ、じゅるっ、ちゅぱっ！　あぁ……♥　ハルくんのガチガチおちんぽ♥　じゅぶっ、じゅるっ……！」

「急にそんない吸いついて、あぁ……！」

チアキさんは勢いよく頭を動かし、一気に肉竿をしゃぶり尽くしてきた。

「じゅるるっ♥　じゅぶっ、ちゃぱ、じゅぶぅっ……♥　ハルくんのおちんぽしゃぶるの、大好き……♥　じゅぶっ、じゅるるっ！」

チアキさんはそんなエロいことを言って、激しいフェラを行ってくる。

温かな口内に包まれた亀頭に、舌が絡みついてきた。

「れろろろっ♥　じゅぶっ、ちゅっ、ちゅぱっ！」

そして唇が肉棒をしごき、どんどんと快楽を送り込んでくる。

「じゅぶぶっ……じゅるっ、れろっ、ちゅぱっ♥」

「あっ、タマタマがきゅっと上がってきてるよ……ママ。なんだか、とってもえっち……ころころ、ふにふにっ……」

「あ、マフユ、ううっ……」

マフユは優しく睾丸をいじりながら、しっかりと気持ちいいように愛撫してくる。そこへの愛撫を、完全に覚えたようだ。

「じゅぶっ、じゅるっ、ちゅぽぽっ♥」

チアキさんのフェラもあって、射精欲が強く刺激されていった。

「じゅるっ、れろっ、ちゅばっ！」

「お兄ちゃん、もうイキそうなんだ……♥」

「じゅぷっ、じゅぽっ、れろっ……ん、とろとろの我慢汁もいっぱい出てきてる……このままじゅぶっ、ちゅぽっ♥」

「あぁ、チアキさん、もうっ……」

その気持ちよさに、精液がこみ上げてくるのを感じた。

「ん、このままらひて……ね♥　じゅぶっ、ちゅばっ、じゅぽぉっ♥　いっぱい溜まりすぎた濃厚ザーメン、いっかい出しちゃいましょうね……じゅぷっ、ちゅばっ、ちゅうぅぅっ！」

「あぁ……！　そんなに吸われると、うぁ……」

チアキさんはチンポに吸いつきながら、頭を大胆に大きく動かし、俺を追い詰めていった。

「じゅぶぶっ！　ちゅばっ、じゅるっ、れろっ、ちゅぅぅっ！　じゅぶじゅぶっ♥　じゅるっじゅぶぶぶぶっ！」

「あぁ、出るっ……！　出ちゃいます……あう、チアキさん！」

俺はそのまま、甘えるようにしてチアキさんの口内に射精してしまう。

「んんっ!?　ん、んむっ！」

勢いよく飛び出した精液が口内からあふれ、チアキさんの口から白いものが垂れる。

「んむ、ん、んぅっ……。んんっ……！」

予想以上の勢いだったのだろう。

チアキさんは驚いたようになりながらも、しっかりとチンポにしゃぶりついたまま、精液を受け止めていた。

「わっ、すごい……。ママのお口から、入りきらなかった精液がつーって、たれてきちゃってるね。れろぉっ♪　うん……濃いかもぉ」

マフユがそれを、舌で舐め取った。

美女同士がキスしているみたいで、いい光景だ。

しかも、その片方は俺の肉棒をしゃぶったままであり、口いっぱいに精液を溜めている。

美女の口内にまだまだ精液があると思うと、エロすぎてたまらなかった。

「んくっ、ん、ごっくんっ♪　あふっ……どろっどろの濃いザーメン……私の喉に絡みついて、んあ、すごいわ……♥　ほんとに立派なおちんちんになったわね……ハルくん」

きちんと飲み込んだチアキさんが、ようやく肉竿から口を離す。

「それでもまだ、新鮮な精液がいっぱいあるわよね♪」

そう言って、チアキさんも陰嚢を軽く持ち上げるようにいじってきた。

「ハルト、すっごく気持ちよさそうな顔してた」

アヤカも起き上がり、こちらへとやってくる。

「ね、お兄ちゃん、次はあたしたちの中で、ね？」

マフユは服を脱ぎながら言った。

普段なら日課のようなえっちを、何日もしていなかったのだ。

俺ももちろん、まだまだいける。

「うーん、それじゃ、三人とも四つん這いになってくれ」

「「「うん♪」」」

俺が言うと、三人はすぐに服を脱いで、生まれたままの姿になる。

裸の美女三人に囲まれるのは、やはりとても幸せだった。

そして彼女たちは、俺が指示したとおりに四つん這いになっていく。

「ハルくん、きて……♥」

チアキさんが足を少し広げるようにして、俺を誘う。

当然、露《あらわ》になった秘裂はもう愛液をあふれさせており、とろとろだ。

「ハルト、わたしも、んっ……準備できてるぞ」

アヤカもそう言って、丸いお尻を突き出すとともに、潤みを帯びているおまんこをこちらへと向けてくる。

先程の乳首攻めでイった彼女のそこは、こっちでも気持ちよくなりたいと主張しているかのように潤っていた。

「だめぇ！　お兄ちゃんのおちんぽ、あたしのここに挿れてぇっ……♥」

ふたりに挟まれたマフユは、そう言うと自らの細い指でくぱぁとおまんこを広げて、いやらしくアピールをしてくる。

すっかりと愛液に濡れたピンク色の内側が、ヒクヒクと卑猥に震えながら肉棒を求めていた。

いちばん若いおまんこは血色もよく、初々しい姿でオスの侵入を待っている。

三人の美女に挿入を求められる、男冥利に尽きる状況だ。このエロい光景をずっと眺めていたいくらいだが、肉棒も待ちきれないとばかりにそそり勃っている。もはや、入れなければ治まらない。

「ハルくん……」

「お兄ちゃん……」

「ハルト……」

濡れ濡れのおまんこをこちらに突き出しながら、俺を呼ぶ三人。

俺はまず、チアキさんのおまんこにぐいっと肉棒をあてがった。

「あっ……んん、ハルくんっ……」

「いくぞ……」

そしてそのまま、愛する妻へと腰を進める。

この三人がそろって俺の奥さんだなんて、まだまだ夢のようだ。しかし現実である以上は、そろそろ貴族としての務め……子作りが家族内でも意識されている。

「んはぁあっ♥」

ぬぷり、とおまんこがスムーズに肉棒を受け入れた。この世界では、チアキさんだってまだ子供は産んでいない。締まりの良いおまんこは、子種を求めて収縮を繰り返していた。

「硬いおちんぽ♥　入ってきたぁ……」

すでに十分以上に濡れているおまんこが、きゅうっと吸いついてくる。

俺は締めつけの気持ちよさを感じながら、最初からハイペースで腰を動かしていく。

「んはぁっ♥　あっ、くぅっ！　ハルくん、あっ♥　すごいのぉ♥　んはぁ、あっ、んあぁぁっ！」

じゅぷじゅぷと卑猥な音を立てながら、蜜壺をかき回す。

「あぁ、ん、はぁっ、あぁっ！」

そしてある程度腰を振ったところで引き抜き、今度は隣のマフユへと挿入する。

「あぁあっ♥　お兄ちゃんのおちんちん、ん、あぁっ！」

そしてこちらも、勢いよくピストンを行う。

「んはぁっ！　あ、いきなりそんなに、おちんぽ♥　ガンガン突いてきたら、あたし、すぐにでも、んはぁ、ああっ！」

マフユは気持ちよさそうに声をあげていく。柔軟なおまんこは、強い責めでも喜んで受け入れてくれていた。膣襞も嬉しそうに締めつけてくるので、とても気持ちがいい。

マフユならばきっと、チアキさんのような良いお母さんになるだろう。子作りだって、楽しいに違いない。

「あっあっ♥　ん、はぁっ、ああっ！」

そして俺はまた肉棒を引き抜き、待ちかねていたアヤカのおまんこへ。

「んくぅっ！　ハルト、ん、はぁっ……ああっ」

アヤカは挿入した途端、きゅっと膣道を締めて肉竿を咥えこんできた。狭い膣内がきゅうきゅうと肉棒を刺激する。

体格こそ小柄でも、しっかり者の彼女だ。俺ともいちばんに話が合うし、きっとこのまま、良い関係でいられると思う。そんなアヤカは、信頼できるパートナーだった。

「あぁ、ん、はぁ……いいっ……♥　あんっ♥　ん、はぁっ……！」

しばらくは突いて、次はまたチアキさんへ。

「んはぁ、ハルくん、んぁ、ああっ！」

俺はそうして、代わる代わる彼女たちのおまんこを味わっていた。

かつての家族たちは新しい婚約者となり、ついには愛妻となってくれた。これからはもう、ずっと一緒だ。そんな思いを込めて、三つのお尻を存分に、愛情たっぷりに突いていく。

「ああっ！　んはぁっ、あっ、んくぅっ！」

「お兄ちゃん、んぁ、ああっ、すごいのぉ♥　ん、はぁっ！」

「あんっ♥　ハルトのおちんぽ、気持ちいいよっ♥」

三人の美女を同時に抱き、そのおまんこをかき回していく幸せ。この上ない快感だ。

「んおぉっ♥　あっ♥　ハルくん、んぁ、あうっ……！」

「あっあっ♥　おちんぽが、奥まで、いっぱい、んぁ」

「あふぅっ……♥　ハルトぉ……♥　ん、ああ、あんっ♥」

三人の嬌声が響き、部屋には淫臭が満ちていく。

「ひぅうっ、ん、はぁっ、あんっ♥　もっとぉ、ハルくんを、感じさせてぇ！」

「んはぁっ、あふぅっ、んん、あぁっ！　お兄ちゃん、すごいよぉ！」

「ああっ♥　ん、はぁ、あんっ！　ハルトぉ、わたしも……わたしにもぉ……」

三者三様のおまんこに包み込まれ、俺は昂ぶりのまま腰を振っていった。どのおまんこも、俺にぴったりだ。俺だけの女の子たちなんだ。

「んは、ああっ、もう、だめっ、んぁっ♥」

「イクッ！　お兄ちゃんのおちんぽで、イクゥッ……！」

「あぁ、ん、あんっ♥　あぅ、んあぁっ……！」

そうして三人とセックスしていると、俺の射精欲も膨らみきってしまった。

「マフユ、しっかり手をついて身体を支えててくれよ」

「ん、わかったぁ、んはぁぁっ♥」

同時に三人には中出しできない。俺は真ん中にいるマフユに挿入し、左右の手ではチアキさんとアヤカのおまんこを愛撫していくことにした。

「んおぉっ♥　ハルくん、あっ、そこ、イイッ！」

「ハルトの指、わたしの中に、んぁ、ああっ♥」

ふたりとも気持ちよさそうな声を出し、快感に身もだえてくれている。

「このまま、最後までいくぞ……！」

「あぁっ、んはぁ、ああっ！」

俺はラストスパートで大きく腰を動かしながら、ふたりのおまんこも刺激していく。

「あぁ、んはぁ、ああっ！」

「んひぃっ♥　あぁ、ん、ふぅっ……！」

「あんっ♥　イクッ、おまんこイクッ、んぁっ♥」

四人そろって、仲良く上り詰めていった。

「んはぁっ、あっ、もう、だめぇっ♥　んはぁ、ああっ！」

「おちんぽ♥　奥まで突いてきて、んぁ、ああっ……！」

「あふっ、イクッ！　もう、あっ、ん、はぁっ♥」

「このまま、みんなでイクぞ！」

ぱちゅぱちゅ、くちゅくちゅと、室内に思う存分、卑猥な音を響かせていった。

快感に溺れ、欲動のままに身を任せる俺たち。

「んはぁっ♥　あっ、ん、ふぅっ、すごいのぉ♥　あっ、ん、はぁっ……」

「あんあんっ♥　おまんこイクッ♥　あっあっ♥」

「んはぁ、あっ、ん、ふぅっ♥　イクッ、イクイクッ！」

そして三人が、声をそろえる。

「「「イックウウゥウゥッ！」」」

どびゅっ！　びゅくびゅくっ！　びゅるるるるるっ！

彼女たちが絶頂するのに合わせて、俺もマフユの中へと射精した。

「んはぁぁぁっ♥　あっ、あぁ……♥」

肉棒が大きく脈動しながら、精液をおまんこに注《そそ》ぎ込んでいく。

「んはぁっ、熱いの、いっぱい♥　出されてるぅっ……♥」

マフユは中出しの気持ちよさにうっとりとしながら、身体をベッドに沈めていく。

「あふっ……♥」

俺はそんな彼女のおまんこから、惜しみながらも肉棒を引き抜いた。

「ハルくんってば、すごすぎよ……♥」

「あぁ……♥　指で……こんなにぃ」

チアキさんとアヤカも、気持ちよさそうに声を漏らしている。俺も射精後の心地いい倦怠感に包まれながら、幸せを感じていた。

彼女たちと身体を重ね、みんなで生きていく。これからも、そんな日々が続いていくのだ。

その幸福感に浸っていると、ふたりが左右から身体をくっつけてくる。

「すっごく気持ちよかったけど……」

「ハルトのここは、まだ出したりないみたいだね？」

この先も続いていく、幸せな日々。しかしまだまだ、この夜は終わらないらしい。

俺はそのまま、夜が明けるまで三人と乱れた時間を過ごしていくのだった。

あとがき

みなさま、こんにちは。もしくははじめまして。赤川ミカミです。

今作はヒロインとの幸福な生活をテーマとしております。世界を救ったりはいたしませんが、最高の婚約者に囲まれ、幸せになっていくお話です。相手は三人。いずれも転生前の家族だった女性たちです。憧れの義母と美人姉妹ですが、思春期男子特有の遠慮からギクシャクしたことを後悔していた主人公は、今度こそ仲良く暮らそうと決意します。そしてその結果は、とってもえっちな関係でした！　愛され続けてダメになるかと思いきや……。ぜひ、お楽しみ下さい。


それでは、最後に謝辞を。今作もお付き合いいただいた担当様。いつもありがとうございます。連続での刊行となり、本当に嬉しく思います。

そして今回も、拙作へのイラストをいただいた黄ばんだごはん様。愛らしくも色っぽいヒロインたちに、めろめろです。素敵な家族をありがとうございます！

最後にこの作品を読んでくれた方々。過去作から追いかけてくれた方、今回初めて出会った方……本当にありがとうございます！

これからも頑張っていきますので、応援よろしくお願いします。

それではまた次回作で！

二〇二一年六月　赤川ミカミ

キングノベルス

家《か》族《ぞく》転《てん》生《せい》

～お嫁《よめ》さん候補《こうほ》が甘々《あまあま》な母《はは》・姉《あね》・妹《いもうと》の生《う》まれ変《か》わりってどういうこと!?～

2021年 7月29日 初版第1刷 発行

■著　　者　赤川ミカミ
■イラスト　黄ばんだごはん

発行人：久保田裕
発行元：株式会社パラダイム
〒166-0004
東京都杉並区阿佐谷南1-36-4
三幸ビル4A
TEL 03-5306-6921
印刷所：中央精版印刷株式会社

KN093

聖女・ケモミミ・お姫様
賢妻×3ともなれば!
ハーレムだけで
国が富む♥
赤川ミカミ
Mikami Akagawa
llust: 黄ばんだごはん
第七王子、
政略
結婚
しまくってたら
ハーレム
できました!
クレインは第七王子として、権力闘争とは無縁の暮らしを楽しんできた。しかし、王族として唯一逃れられない使命として、政略結婚の話がついに持ち上がる。神王国がもてあます美貌の「聖女」を妻に迎えるが、獣人族の娘や帝国の姫までを娶ることになり、離宮は愛妻たちとのハーレムとなって!?